温暖人间

褚庆骞文集

褚庆骞 著

山东画报出版社

图书在版编目（CIP）数据

温暖人间 / 褚庆骞著.—济南：山东画报出版社，
2024.3

ISBN 978-7-5474-4664-5

Ⅰ.①温… Ⅱ.①褚… Ⅲ.①中国文学 – 当代文学 –
作品综合集 Ⅳ.①I217.2

中国国家版本馆CIP数据核字(2024)第045452号

WENNUAN RENJIAN

温暖人间

褚庆骞 著

责任编辑　陈先云
特约编辑　吴　洁
装帧设计　张晓曦

主管单位　山东出版传媒股份有限公司
出版发行　山东画报出版社
　　　社　　址　济南市市中区舜耕路517号　邮编 250003
　　　电　　话　总编室（0531）82098472
　　　　　　　　市场部（0531）82098479
　　　网　　址　http://www.hbcbs.com.cn
　　　电子信箱　hbcb@sdpress.com.cn
印　　刷　山东新华印务有限公司
规　　格　170毫米×240毫米　16开
　　　　　　29.75印张　480千字
版　　次　2024年3月第1版
印　　次　2024年3月第1次印刷
书　　号　ISBN 978-7-5474-4664-5
定　　价　88.00元

如有印装质量问题，请与出版社总编室联系更换。

序

寒冬之际，读着庆骞即将结集出版的一篇篇作品，犹如一股春风扑面而来。

在繁忙的工作之余，庆骞把平时的所见所闻、所想所思、点点滴滴记录下来，笔耕不辍，妙笔生花，形成了一篇篇诗歌、散文、论文等，并在多家报纸、杂志发表，有许多获得了重要奖项。

庆骞文商俱佳。他在枣庄市审计局辞职后，先后创立了山东忠信会计师事务所有限公司和山东忠信资产评估有限公司，目前企业持续发展，势头良好。其公司不仅为国家缴纳税金，安排人员就业，还积极组织参与社会公益活动。

庆骞勤奋好学，善于思考，积极向上，为人厚道，乐于助人，在工作之余创作的诗作，乡土气息浓厚，读来感同身受；散文诸篇，寓意深刻，感人至深；新闻之篇，所闻所见，跃然纸上。从字里行间深刻感受到作者的崇高情怀和人格魅力，以及对事业的执着追求，对美好生活的无限热爱，对工作的精益求精，对文学创作的一往情深，这些都深深感动着我。

是为序。

张宝民

2024 年 2 月

目录

4

— 上篇 —

诗

登云台山乐

驱车行程五百七，徐风喜迎忠信缘。

泉瀑沟池壁石连，红石峪小寨老潭。

峰绵谷陡峭蠹寒，天水鸣悬曲壑环。

踊跃攀登崎岖崖，射水嬉童满山涧。

树茂奇峡步观景，车流客往梭纷繁。

群峰秀美心旷怡，破云雾眺望中原。

游人未酣岫险滩，归来乐道云台山。

2005 年 5 月 1 日

梁仕念莅临微山岛

驱车尊临微岛湖，荷花笑迎君面前。

一叶轻舟泛湖面，湖光倒影乐忘返。

2005 年 8 月 17 日

新疆游

十人同心游新疆，携手飞往栖圣苑。

巧遇戈壁沙漠狼，赏王母池登天山。

二十万年喀纳斯，盆地呈绿洲河畔。

马依石油百里廊，野马鬼城大草原。

风力发电坎儿井，高昌邻靠吐鲁番。

盐湖独爱大板城，心旷已过火焰山。

不到不知疆域大，西域旖旎景无限。

2006 年 9 月 6 日

贺张长旭李平夫妇

夫唱妇随游新疆，悄声细语好风光。

伉俪形影处处留，迷人风景迎鸳鸯。

2006 年 9 月 6 日

抱犊崮

民国大案首发地，震惊中外天下知。

崮险陡峻云连天，抱犊攀缘去耕织。

2007 年 7 月 20 日

非 凡

笑傲苍天，洒度寰宇。

沧海桑田，挥手之间。

2007 年 8 月 17 日

惜　别

小别惜时恨时逝，送君谷边心凄凄。

睹目长风济世事，心潮澎湃难平息。

2007 年 8 月 17 日

沂水彩虹谷

沂水河边人思源，彩虹飞架山峦间。

巧思妙想八方客，好一个人文景观。

2007 年 8 月 26 日

沂水彩虹谷溶洞画廊游

一路景色团队情，洞天世界迥不同。

遨游览胜溶洞涧，疑是苍穹住廊中。

2007 年 8 月 26 日

雁荡山探灵峰

涧生参天修长松，逶迤曲环绕灵峰。

沿溪漫步去探湫，一角一视幻化生。

2007 年 11 月 8 日

飞渡雁荡山

天柱高耸入云端，飞渡雁荡山门间。

惊者仰头朝天看，攀猿险降壑谷滩。

2007 年 11 月 8 日

杭州西湖

西湖如镜碧波涟，群山拥抱薄雾间。

步入佳景心旷怡，美不胜收已忘返。

烟雨云霞泛湖面，青蛇白蛇闹许仙。

西子湖畔忆往昔，西施软语在耳畔。

一日游来千百万，杭州天堂在人间。

熙熙攘攘天下客，朝思暮想闯梦帘。

2007 年 11 月 11 日

兄

才思敏捷，文备武兼。

两袖清风，心广胸宽。

忧国忧民，广结善缘。

报效社会，重任勇担。

枣组山亭，敬老不倦。

尽心履职，虚怀慎谦。

一任为官，造福一方。

济困扶贫，关爱孤寡。

久久为功，奋勇争先。

2007 年 12 月 9 日

锦绣山庄

丛山滴翠疑无露，雾绕若隐山峦涧。

依山傍水巧借势，锦绣簇拥幽静远。

规模恢宏格局大，蝶飞果浓香满园。

瑶池琼浆次第生，相得益彰皆景观。

占地方圆几百顷，开发游览已半山。

2007 年 12 月 13 日

注：在济南锦绣山庄参加山东省工程建设
标准造价协会第四届四次理事会有感。

陪客李文广姑表亲

支姓大表兄，携妻带女婿。

同来二表姐，外孙亲闺女。

老家徐州行，千里上海路。

迁坟刚忙完，来枣探舅母。

文广姑表亲，酒店举杯祝。

两天未停雨，探孔到曲阜。

吴敬军恭候，高宪礼笑出。

刘福安毕至，款待汝与吾。

两晚相聚情，尽享别时续。

2004 年 4 月 20 日

祝　贺

梁侍许杨丁，陈飞杨陈段。

滕州发改委，招考公务员。

文勇二外甥，笔试成状元。

大家来祝贺，陈红走在前。

忠昌携文学，传河喜相伴。

国强挽祥军，共愿畅欢颜。

2004 年 4 月 22 日

同学相聚

同学高中书，从小一齐念。

转眼三十载，人已到中年。

回头看后生，青蓝胜于蓝。

馈赠三线轴，童添喜欢颜。

2004 年 4 月 23 日

赠好友林福生

七人快乐同享受，八声祝福至春冬。

天下林茂紫气升，拱手拥戴林福生。

品端貌好为人正，才德兼备普赞同。

通晟中流砥梁柱，侠肝义胆仁忠勇。

三生有幸与君识，言行身教益终生。

2007 年 12 月 22 日

注："通晟"是公司名。

赠友张文胜

儒雅秉笔著天下，济世佳作名家言。

报刊醒眼君宏论，字句华章美绝篇。

文韬武略志四方，快马扬鞭驰在前。

书记矿长一身兼，经营生产抓安全。

执着描绘田陈图，四季缺少星期天。

鞠躬尽瘁铸辉煌，累年创绩做贡献。

张尊名流将才风，文胜治矿天下先。

2007 年 12 月 23 日

赠友尹怀义

忠厚仁德为人表，处立倚重决策层。

耕耘卓绩献枣庄，披星戴月待出征。

志坚意定为矿业，凛然威慑作风正。

兢兢业业兴集团，秣马厉兵绣锦程。

审刀计箭一出鞘，查错堵漏少歪风。

尹门自古多才俊，怀义甘当护家鹰。

2007 年 12 月 25 日

重新当选枣庄市政协
第八届委员会委员有感

政协委员参议踊，言德敬业争立功。

社情民意搞调研，捐助救困义活动。

围绕中心服大局，民主监督协商浓。

双面旗帜凝聚力，为之前仆后继众。

一年两会催人进，呈送提案被采用。

热难焦点化矛盾，建言献策当奋勇。

良才聚集齐共济，身处群贤优势中。

五载努力铸辉煌，八届履职开门红。

关注民生谋发展，视察任重倍光荣。

不断磨砺尽职守，未敢懈怠感轻松。

2008 年 1 月 6 日

注：该文在《枣庄政协》杂志上发表。

红河湿地

沟壑交错藕池塘，白杨纵横生陌堰。

微湖羞赧红河色，莲蒂倒影波光涟。

宛然相隔寻觅处，点墨风景至深湾。

回环曲折幽静地，绿茵荷香溢无边。

徒步赏游二三时，鸟逐蛙声画春卷。

2008 年 4 月 12 日

褚魁元求学偶思

长途跋涉为子学，来去匆匆八九时。

子行千里父担忧，刻意苦读渴求知。

争分夺秒二月余，心静志坚求造诣。

十年寒窗苦求学，书读百遍悟识意。

苦练多思手做题，唯上金榜希努力。

2008 年 4 月 12 日

梦

雀鸣千遍叫梦声，惊醒余味在意中。

打鸟恨飞怅惘去，追忆奔涌续憧憬。

2008 年 4 月 17 日

红河湿地迎美

徐来彩云绕红河，柔水梦断鸟语城。

佳丽闲步踏青来，羞花闭月雁无声。

2008 年 4 月 17 日

冒雨晨练

徒步冒雨去晨练，手撑雨伞水珠帘。

满目花草滴碧翠，随手一转四处溅。

活骨舒筋十几里，身轻如燕把家还。

2008 年 4 月 19 日

清　醒

千里学子归近月，转眼流逝难觅迹。

沉迷求知昼睡梦，假期痴学复学期。

2008 年 4 月 19 日

儿子褚魁元考试第一名

欣闻子考班第一，数学考在两班前。

扎实勤学偶尔展，苦读诗书求进取。

从此励志方觉醒，不用督促自登攀。

2008 年 4 月 22 日

盼子成名

子学走读去拼搏，平生初次离家远。

盼子妻归日行慢，考本成名早日还。

2008 年 4 月 22 日

五连山

一路追梦五连山，锦绣山川视野宽。

游兴未尽东海边，留下倩影常思念。

2009 年 8 月 22 日

山亭区水泉小流峪

峰峪盘田层叠嶂，出游踏青叹当年。

山楂红迎翠秋桃，硕果累累满山峦。

2009 年 8 月 22 日

王璐与孟晓康结婚喜宴贺言

爆竹声声喜气洋，人逢喜事精神爽。

祝愿心声连珠语，道贺情深天地长。

2009 年 12 月 5 日

吕金朝

高唱凯歌运气在，众人泽润助花城。

金朝快慰济世功，努力拼搏大器成。

2010 年 3 月 9 日

广东松园宾馆有感

满目春色生机盎，风声雨声入松园。

别时苍凉风瑟瑟，雾时人间变新天。

丛林含笑隐楼宇，造价咨询白云山。

2010 年 3 月 25 日

注：建设项目全过程造价咨询规程宣贯会记事。

深　圳

危楼高耸林立，霓虹灯下阑珊。

人来往如潮涌，改革开放前沿。

香港近在咫尺，香江深情一片。

小平当年画圈，深圳跨越发展。

创业人的天地，收获者的春天。

快节奏的感受，创新意两重天。

2010 年 3 月 27 日

西柏坡

渴思目睹伟人影，千里来沐领袖风。

四面环山三战役，十三故居人潮涌。

人民领袖毛泽东，指点江山铿锵声。

横扫敌军如卷席，帷幄决胜贯长虹。

西柏坡里天地大，到此方知居山中。

惊险写定春秋史，继往开来铸永恒。

争先创优组团学，党旗之下宣誓洪。

2010 年 10 月 24 日

黄河壶口瀑布

千年咆哮远古声，一直奔腾飞流中。

天上悬瀑入大海，壶口轰鸣震隆隆。

沿途滋润母亲河，虎啸龙踞雄口中。

洪飞浪急如利箭，波滚争先创优勇。

2010 年 10 月 26 日

两会感言

两会复去复又至，群英建言复又来。

聚首今朝绘蓝图，会商妙计济沧海。

提案聚焦热难点，民生社情系关怀。

2011 年 1 月 17 日

上海世博园

二百八十九个馆，七千三万来参观。

五洲四海纷沓至，日流超过一百万。

一国一馆一奇吧，斟酌选择排队看。

世界科技独具意，各领风骚时空前。

一五九年落上海，千亿耗资世博馆。

一八四天铸辉煌，不出国门全看遍。

五点二八平（方）公里，破纪录硕果无限。

2010 年 11 月 2 日

枣庄职业学院

实习教学基地挂牌感言

借用优势为大计，培养良才不容辞。

精心铸就辉煌篇，益智助济功名立。

收获全是丰硕果，辛勤酿就花中蜜。

实习教学设基地，校企联合铸伟绩。

高屋建瓴绘蓝图，桃李会计与审计。

王氏睿俊仕途杰，洪龄才德成柱基。

2011 年 3 月 22 日

注：枣庄职业学院实习教学基地在山东
忠信会计师事务所有限公司挂牌。

北湖新区政府投资项目
跟踪审计工作会议感言

齐鲁孔孟墨多圣，济州四方蠹楼苑。

北湖新区迎盛会，二十三届筑巢馆。

审计局人忙监督，表彰先进庆首年。

跟踪定位开先河，创新斐然一马先。

原野三年成闹市，立章求真善筹建。

付出心血业待兴，尚朋践行一马先。

2011 年 12 月 10 日

纪念曹万亮主任

惊悉病逝痛疾首，骤然离去极悲鸣。

风雨春秋十一载，追求造价座右铭。

审计求实部主任，诚恳耿直心如镜。

生前笑容犹在目，情同手足异名姓。

曹氏敬业忠信人，高风亮节世人敬。

2012 年 1 月 13 日晚

孔令旭赴台儿庄古城
接受红色教育

十里荷花情意长，柔情妙语醉男郎。

金乡审计聚台庄，品运河古城之乡。

孔高李冯寻胜景，令旭聚力石榴香。

2012 年 6 月 3 日

王梓游微山湖

湖光岛影鲤鱼跃，微山湖笑迎王梓。

崇德阁上全览胜，追忆微子张良事。

乘船湖面观六景，笑谈湖上品美食。

雾幔遮挡湖光色，含笑仙子留游迹。

2012 年 3 月 22 日

王梓考入审计署之后
来忠信实习

入署之前勤务实，费县枣庄多励志。

忙里休顾闲暇时，憧憬美景身探试。

会友交际知社会，市局枣矿留倩姿。

忠信荣浴王梓福，助智腾飞指待时。

2012 年 3 月 22 日

胡雪瑞陈阳游亚洲第一湿地

微山城南薛河滩，嵌溶微山湖东旁。

河流绵延入湖湾，苇草荷花含苞放。

鱼儿跃鸭戏鸟翔，亚洲第一湿地响。

尊驾慕名驱车至，顺浮桥沿木廊赏。

如月太阳挂天边，薄雾蒙蒙黄昏上。

风轻蛙鸣蟋蟀吟，水浅洲绿尽映廊。

近观湖面翻船浆，远望树岸层叠嶂。

笑声迎来胡雪瑞，瑞军文辉和陈阳。

2012 年 6 月 30 日

游少林寺

嵩山古塔练武功，寒风难挡游客吟。

少林名扬天下知，禅武拼搏誓勇进。

步入山门天王殿，四十二人看世民。

山上目睹习绝技，体魄健强日益新。

2012 年 11 月 25 日

游龙门石窟

皇家石刻艺术宝，洞寺窟园浑天成。

叹为观止世遗产，东西窟伊河洛恒。

精益求精窟连窟，十三朝贵在此耕。

雨帘细观龙门景，雕刻卓越事业升。

2012 年 11 月 25 日

悼念慈母

慈母尽孝厚仁爱，享年八十寿有三。

勤俭一生养七子，秉持妇德勤持家。

疼爱子女喜后人，善待子孙佐苍天。

养亲护邻爱无边，亲邻好友美声赞。

家盛风正日臻强，育子成才济人间。

茹苦辛劳操碎心，无私五更磨米面。

一日三餐油盐米，油灯深夜飞针线。

宽厚正直心地善，谆谆教导育儿前。

记忆惊人到临终，未识大字识智善。

记人生日脱口出，不论亲朋世人间。

偶尔幽默显风格，节日谚语活字典。

五次心梗病危机，两次低血糖危险。

时常住院意志坚，病魔缠身廿又三。

两次齐鲁五市立，去年七次住医院。

母问小病去不了，遗憾终生谁解完？

子尽孝求医治病，千方百计留人间。

心系子孙铸大爱，无论病榻弥留间。

回首母爱成遗风，母病子孝是典范。

痛疾首求母别走，何弃我们日趋远？

音容笑貌历在目，慈祥身影在眼前。

高风亮节世代存，为人大方活心间。

二老齐全幸福在，嘘寒问暖暖心间。

无尽思念哭感地，沉痛哀悼悲恸天。

呜呼慈母驾鹤去，痛哭撕心成哀挽。

2013 年 1 月 23 日

艺铭游少林寺与龙门石窟

艺铭六岁两天行，郑州开封洛阳到。

游看嵩山少林寺，雨观龙门石窟桥。

少小聪慧身矫健，学了七朝十三朝。

2012 年 11 月 25 日

艺　铭

艺铭是位娇才女，每次考试均第一。

小小年纪有志向，想当书法大圣师。

2015 年 6 月 13 日

自画像

黑似包公一张脸，如龙似虎智勇全。

敢问何方大圣人，南常名人褚庆骞。

2015 年 7 月 12 日

艺铭求学赞

艺铭暑假忙求学，提高英语到北京。

十天学习一瞬间，一生受益成明星。

结伴同学十九人，志向远大人中英。

级部前九四奖状，三科均是第一名。

卓越学生名副实，两科双百学霸铭。

再接再厉学头立，努力不骄头雁领。

2019 年 7 月 6 日晨

有感艺铭写好文

吾盼汝携春归，思路清文章好。

写英雄战"疫"病，语言美才情高。

读来引人入胜，艺铭智比文豪。

2020 年 3 月 1 日晚

富硒南山泉重见天日

荒山野岭藏好泉，荒芜了三十六年。

二〇一五年元旦，炮响机隆重见天。

曾见山壑水坑塘，不知甘泉埋多年。

人称道牛鼻子泉，今是富硒南山泉。

深挖三米厚土层，涓涓细流入河涧。

从此琼浆成玉液，流传千古再续传。

2015 年 1 月 2 日

高惠民视察富硒南山泉

开业鸿书传家音，一往情深系古泉。

视察名泉留美名，亲临富硒南山泉。

曾言走进千万家，愿君多饮家乡泉。

2016 年 1 月 23 日

山东南山泉天然矿泉水
有限公司开业典礼

头天茫茫飞雪飘，第天暖融无大寒。

普天大雪白皑皑，路滑人稀骄阳艳。

今天开业大吉日，宾朋盈门来祝愿。

上午开业天气好，下午大风刮不断。

人山人海聚泉下，但愿千家饮甘泉。

杜学平主席主持，高惠民主任发言。

南仙公南仙玉饮，捷足先登健康源。

2016 年 1 月 23 日

张宝民视察富硒南山泉

惠风和畅江山秀，绿水粼光小溪喧。

喜鹊报喜声甘甜，频传视察赏好泉。

绕泉一周赋赞语，绚丽美景满山涧。

领导亲临促发展，张宝民笑饮甘泉。

四级领导齐相聚，共商富硒南山泉。

2016 年 4 月 20 日

中央台播出"南仙公"

五月火红祥云飘，福照富硒南山泉。

央视网商城报道，产品入驻高起点。

中央七台三秒钟，一语经典做宣传。

健康好水南仙公，扬名天下童叟言。

南仙玉饮争相喝，强身健体寿增年。

生态园内献珍品，绿色有机无污染。

2016 年 5 月 2 日

国家森主任视察富硒南山泉

鸟鸣声声莺歌舞，金秋十月果满园。

难得一遇沐春风，一语温暖驻心间。

高屋建瓴察民情，卓智博爱促发展。

2016 年 10 月 22 日

曹昭普视察富硒南山泉

草肥水美鱼儿跃，预示贵人要来到。

赏品富硒南山泉，齐聚泉下人欢笑。

曹昭普心系古泉，大爱无私放鱼苗。

留下美名代代传，赞颂春风泉上飘。

2017 年 3 月 16 日

王建荣视察富硒南山泉

阳光明媚花争放，燕子轻飞点水面。

流水潺潺贵人到，赏观富硒南山泉。

视察指示促发展，王建荣宏愿超前。

寻芳探幽群山中，含笑品饮牛鼻泉。

2016 年 3 月 12 日

富硒南山泉

天赐富硒南山泉，千年涌流川壑涧。

载誉增寿携福海，欲把健康送人间。

2017 年 2 月 13 日

富硒南山泉的增寿桥

曾经两棒架成桥，原址新建增寿桥。

天堑通衢无障碍，来往自由增寿桥。

2017 年 11 月 18 日

中评协耿虹会长
来山东忠信调研

行业信息化发展，中评协忠信调研。

耿虹会长作讲话，孙庆国厅长建言。

岳公侠秘书长指，王莹主任主旨先。

邱剑峰主任陪同，提高要求催新园。

张焕平会长协调，韩群会长来祝愿。

孟照武深思熟虑，梁仕念全力主办。

立树标杆为大业，山东忠信要超前。

2017 年 7 月 12 日

游林州太行山大峡谷

太行峡谷群峰矗，沿涧一步一景观。

谷险峰峭瀑水急，溪湖蜿蜒翻波澜。

峡谷四周峰耸峙，世外桃花笑尘烟。

开发游览显智慧，游客如织繁华现。

七六年各户修路，一〇年筑路盘山。

一百三十六村庄，一涧一乡八千员。

一人一村居峰冠，三户五人梦谷幻。

天路陡转峭壁上，回环曲折缓攀缘。

从峰顶回到车场，四十分驱车惊险。

晚住峰涧乡驻地，奇峰静谧蛙井天。

悬崖直峦王相岩，回眸一笑百生险。

南北四百公里长，东西三十公里宽。

穿越红旗渠沉思，巧问红色忠信团。

南仙公水来助兴，聚餐欢声笑开颜。

2017 年 9 月 9 日

褚福瑞聪明可爱

褚福瑞一岁让糖，主动搀扶老爷爷。

活泼可爱透灵气，聪明好学锲不舍。

不会背诵不睡觉，好奇探索求知渴。

2017 年 10 月 24 日

褚福照聪明智慧

褚福照十月让果，会走搀扶老爷爷。

国字脸英俊聪慧，幼小好学明事理。

牢记人名一口出，喊清关系分舅爷。

2020 年 3 月 1 日

杜学平主席视察富硒南山泉

一脉清泉叮咚咚，一片笑声出泉中。

一股春风拂面来，一泓碧水鱼打躬。

阳光和煦景旖旎，风光秀丽涧边峰。

杜学平主席视察，富硒南山泉相迎。

2018 年 8 月 18 日

财政投资绩效评价感言

繁荣昌盛大财政，财政投资看效益。

政绩突出看评价，节省资金办大事。

山亭财政率先行，预算管理出效益。

绩效评价审预算，忠信助力正当时。

节约支出显政绩，绩效评估预则立。

率先垂范忠信人，勇立潮头志不移。

2018 年 2 月 6 日

新西兰罗托鲁瓦地热叹

地热遍藏美景中，时喷时涌好旖旎。

处处冒热叹奇妙，脚下滚热眼迷离。

注协一行十八人，心中自感好福气。

2018 年 11 月 3 日

瑞　雪

忽如一阵春风过，玉树琼枝白花灿。

雪花飞谢落满天，万紫千红笑冬寒。

又是一年飞雪到，纷纷瑞雪兆丰年。

2019 年 1 月 31 日晚

雪

千树万树梨花开，一草一木争春还。

宛如一阵春风过，玉树琼枝白花艳。

大雪纷落鸟归巢，万物竞放迎雪天。

又是一年飞雪到，飘飘瑞雪兆丰年。

2019 年 2 月 1 日

徐云红以所为家

娇小身材多智慧，聪明伶俐绩效佳。

综合工作一肩挑，吃苦耐劳人人夸。

申报资料冲在前，一身正气成佳话。

心地无私谋发展，云红以忠信为家。

2019 年 2 月 7 日

年

年悄悄来无声息，转眼间又走年轮。

期许着相盼相聚，相团相叙时相奔。

爆竹声声祝贺来，门神桃符换新讯。

儿童放炮乐开花，女孩戴花笑好运。

各家清扫去灰尘，屋内清新福滚滚。

酥菜剁馅忙年货，杀鸡宰猪备酒存。

老幼恭祝春来去，家家拜留首尾君。

磕下天下祝寿头，拜下亲友笑子孙。

忘情喜得压岁钱，团圆饺子盛满碗。

新春一到笑颜开，百福一到同庆春。

长假一放普天庆，忠信人人祝福春。

年过年过年年享，年来年去年年春。

2019 年 2 月 3 日晨

褚芳常洪斌

俄罗斯读博士感言

四年大学同窗读，三年研究生相称。

绘画专业为鸿雁，俄罗斯读博做媒。

比翼双飞求学历，双方博士高学问。

善思博学长才智，学海无涯志宏伟。

褚芳聪慧学有成，常洪斌聪明智慧。

辛勤耕耘天佑人，前途无量业渐臻。

褚庆观褚庆骞伯，资助良才报国恩。

2019 年 2 月 5 日

元宵节

正月十五闹元宵，春寒料峭喜眉梢。

大红灯笼门前挂，街巷张灯结彩闹。

炮声欢送春节去，闹灯恐怕春意跑。

过年饺子仍余香，入口元宵香味飘。

又是一年猜谜时，嬉闹欢颜又拥抱。

时光留不住年走，欢闹难挽留年少。

闹元宵守住年尾，欢度难抓住春俏。

又到一年忙碌始，十五一过年跑了。

2019 年 2 月 8 日

富硒南山泉租征地感言

千年古泉水召唤，开发富硒南山泉。

围泉保护防污染，建成富硒生态园。

租征一百余亩地，植下红枫桂花苑。

栽下苹果与葡萄，种下瓜菜丰满园。

建立厂房上设备，实施泉水健康篇。

荒山野岭杂草生，整治深翻两冬天。

平时雇人干农活，从春忙到要过年。

租征百家山坡地，精心耕耘泉水灌。

制水为主生副业，消耗精力费时间。

创业难啊收获难，干成事业志必坚。

2019 年 2 月 8 日

建阳古城今何在

遥指建阳城，城郭依旧在。

问君何处是？身在古城外。

春秋战国建，繁荣已不在。

距今两千年，泉水流城外。

封城孟尝君，三千客难在。

故城空对月，护河古泉在。

又寻建阳城，望泉北城外。

富硒南山泉，就在古城外。

2019 年 2 月 9 日

注：建阳城今称南常古城。

富硒南山泉路北租地改

修上山道路感言

大年初六开工日，飘着春雪迎丰年。

又到修路建门时，转眼之间已五年。

一四年租地路南，挖三库平地深翻。

一九年租地路北，山岭坡地整平难。

路南路北本一地，一路冲开分两半。

四通一平又进行，规划平整必深翻。

填沟筑路建修坝，打井布灌通水电。

深沟铺预制管涵，砌沟护坡盖盖板。

治河治沟又治山，挖掘机干一冬天。

二百三十一小时，黑天昼夜加班干。

改修路面拉网子，安灯监控先立杆。

传达室又得新建，电动门也得新安。

保护富硒南山泉，防治污染真艰难。

2019 年 2 月 10 日晚

赴山东能源新矿集团内蒙古能源
签资产评估合同感言

中标奔赴内蒙古，李春玲通知寄报。

春节后组织评标，谭娟通知已中标。

去年十五在家过，欢庆十五闹元宵。

今年驾车六百里，唇齿元宵余香飘。

褚魁元开车泰安，济南接杨瑞直到。

住附近凯旋宾馆，深夜十一点取票。

七点三十五起飞，次日赶机五点到。

从济南飞往银川，二时十分钟就到。

租车三十二公里，从银川到上海庙。

下午三点签合同，二楼会议会领导。

中审中环先审计，忠信评估要填报。

下榻新矿能源处，宾馆内标准很高。

前广场亚洲最大，高大奇特铜马跑。

紧邻银川开发区，上海庙镇上海庙。

地广人稀较干旱，宽广马路一条条。

企业稀少尚积聚，显眼大楼并不高。

时差晚了一小时，早晚温差太难熬。

晚上要尽地主谊，上午两家分别到。

上海厅群英荟萃，郭金鹏盛情款招。

吃内蒙古牛羊肉，天然的美味佳肴。

感谢欢迎尽情谊，招待乡人必干好。

随后派员现场评，杨瑞留下集资料。

郭总派车送河东，遥墙机场深夜到。

会谈商定巧安排，二十一日返程笑。

心存感谢多支持，做好业务朋友交。

2019 年 2 月 21 日

富硒南山泉相思

重峦叠嶂，南山秀丽，

乘势而下，一溪春水。

南仙公名，南仙玉饮，

借问源头，富硒泉水。

地理标志，天下有名。

满溪相思，养生饮水。

2019 年 3 月 8 日夜

打井六眼

大钩机高处挖土，四不像拉土填坑，

四机三象三星期，修路五条填三坑，

改沟填沟铺管道，路通沟通已平坑，

十万土方已动用，钱花百万如流水。

购立杆网雇人工，移树栽树人机用，

拉水浇树人车雇，用泵浇水离泉远，

天天二十几口人，管吃管喝工资高，

天热乏力效率低，七十余亩等待整。

天干地旱无水用，找水打井找先生。

三月十四至廿六，打井六眼耗费时，

先探十五和二十，廿四最粗大成井，

打井一百五十米，花岗岩层难打成，

一眼水井打出水，自找水源水自清，

五眼干井未见水，风水先生为钱蒙。

为财一点钱一千，李玉朴杆费接送。

孙运国子孙龙宝，父子料事如神明，

点井一眼毁三钻，九十米钻头损坏，

头天晚上预言说，次天打井时兑现，

九十一百二十米，未见两层水一股，

方余水不够抽用，验证后方知真伪，

民间自有奇人在，世间万事藏奇正。

黑天白昼打一水，风吹日晒加寒冷，

夜深冻得直发抖，站立观研腰背疼。

褚庆观哥来指挥，冒热除草身立行，

儿子魁元忙到晚，脸面晒成黝黑色，

打井一眼又一口，干井用款已十万，

苦闷愁肠钱打漂，打成水井笑出声。

2019 年 3 月 27 日

昆明参会感言

阳春三月鲜花开，一年四季如春期。

常年平均十八度，最高达到二十七。

室外太阳又很热，屋内树阴与热异。

夏天睡觉盖棉被，冬天不要装暖气。

阿黑哥抢阿诗玛，特产天麻和三七。

石林片片刺破天，香烟石林和玉溪。

理事一百一十八，三十八常务理事。

三月二十八开会，群英在昆明聚齐。

每省仅有两人来，殊荣极高自珍惜。

开会一上午结束，补六名常务理事。

杨丽坤会长报告，谋未来行业受益。

讨论热烈显智慧，话发展集思广益。

会后贯彻利当前，快马加鞭正当时。

2019 年 3 月 28 日晚

注：中国建设工程造价管理协会第七届理事会第二次会议暨第三次常务理事会，在云南省昆明市西南宾馆四楼会议室召开。山东省于振平秘书长常务理事和褚庆骞理事两人参会。

富硒南山泉

南常富硒南山泉，百姓乐道牛鼻泉。

名扬远方天下知，水质独好味甘甜。

流传百转回民间，道不尽流芳清泉。

2019 年 4 月 3 日晨

惜 时

咿呀之语满春城，回首峥嵘忆当年。

不知流年已过往，岁岁月月不复还。

恍然醒悟时光去，似曾还在弹指间。

2019 年 4 月 3 日

观大明湖

雕梁画栋亭绕湖，湖泛涟漪舟冲浪。

繁华都市围一湖，花映湖色微泛光。

湖岸绿化大格局，如织游人竞观赏。

人影倒立天一色，欲临湖岛走一趟。

清荷一角偷沉寂，惹眼恋人忙躲藏。

偶遇大风黄昏日，未避大雨淋衣裳。

2019 年 5 月 12 日

光阴似箭

亭前百花开，亭后灯换盏。

泉内泉水新，泉外池水潺。

季节变冷暖，人间换新天。

小河复解冻，春来花又艳。

2019 年 5 月 13 日

富硒南山泉的古城桥

U 型桥面水长流，承载祈盼古城桥。

古往今来建阳城，求水依旧过此桥。

泉水潺潺南流去，新桥再迎求寿潮。

2019 年 5 月 19 日

富硒南山泉水库青石护坡

杂草丛生荒芜坝，环绕一周石护坡。

一库泉水波涟漪，换装异彩鱼跃阔。

施工极难险峻峭，千秋工程投资多。

2019 年 5 月 20 日

富硒南山泉新姿迎世人

山色美景育好泉，波光潋滟碧映照。

镶画富硒南山泉，亭台楼榭换新貌。

北建蓄水益康池，南有水库波闪耀。

泉北飞架增寿桥，南建古城桥新道。

牛头流入祈福池，环泉路游赏全貌。

2019 年 5 月 25 日

陆良五彩沙林

叹三国烽火云川，诸葛亮七擒孟获。

拍摄三国连续剧，故乡之地是沙漠。

五彩沙林修蜀道，瞭望台上燃战火。

柱壁如画涧雕塑，犹见七擒纵孟获。

昔日王者已归降，空建王府纪擒获。

2019 年 5 月 31 日

访云南斯派尔矿业感言

海拔二千二百五，蜿蜒曲折弯连弯。

杨绳星驱车二百，夜住墨红镇宾馆。

久旱甘露已四天，斯派尔四面环山。

昔日停产一年多，今日产达三十万。

深山乌金翻腾浪，交通不便业空前。

白伦福规划宏图，刘德清力挽狂澜。

2019 年 5 月 31 日

赞白伦福

陶庄耕耘，安徽负重，

河北委任，内蒙（古）筹建，

海南担任，云南总管。

担负重任，财务审计，

奔波跨任，天南海北，

连任晋升，财务总监。

白伦有福，重情讲义，

为人忠厚，智勇双全，

结交朋友，相见恨晚。

2019 年 6 月 1 日

阿庐古洞观感

阿庐古洞三山连，悉心欣赏整六里。

洞内美景应不暇，遍布奇异钟浮石。

洞内乘船六百米，尚待开发四百米。

宏大空山多变换，豁然开朗叹惊奇。

出洞绕山返洞前，又见洞口瀑布立。

2019 年 6 月 1 日

莱阳 PPP 项目绩效评价
六家联合体入围商签合同感言

莱阳 PPP 已入围，六家面向全国选。

金准忠信联合体，会商合同三方签。

临时受命领任务，各自完成勇承担。

四十二万莱阳人，刘欢先试走人前。

2019 年 6 月 5 日

富硒南山泉生态园菜园
高标准修路记

深翻整平挖一米，钩机黑白一冬天。

每时二百八十元，高昂花费建菜园。

鱼脊岭两边低洼，拉土填平护沟沿。

水泥砖铺路通行，同砖铺平岭畦田。

人蹋田地杂草生，功能丧失遭人怨。

买地砖高标重建，每平（方米）砖二十五元。

修铺南北贯东西，筑路基建十余天。

从此标准已提高，迎接宾客尽开颜。

2019 年 6 月 30 日

富硒南山泉生态园
水冲厕所落成记

二〇一四年租地，扩建仓储栖息地。

屋前菜园十亩地，招来采摘人如织。

建厕规划早选地，开工施建解难题。

水冲厕所已落成，客来方便不着急。

2019 年 6 月 30 日

丁府旧宅重建贺语

丁家大院灯笼挂，大红福字贴门上。

坐北向南大堂楼，威严门楼显高尚。

重新翻建换新貌，守门麒麟祝府旺。

千年大计气恢宏，祥军高升庆开张。

2019 年 7 月 3 日

井冈山红色教育感言

周广典书记带队，千里受教井冈山。

一心一意学精神，追随领袖强信念。

踏遍各处史为景，牢记初心意更坚。

红色教育号角响，星星之火可燎原。

红米饭加南瓜汤，革命梦想代代传。

红色割据义深远，使命依旧红旗展。

秋收起义上井冈，力挽狂澜开新篇。

井冈会师图发展，走向胜利成起点。

向往摇篮神圣地，热血澎湃忆当年。

基地教育人如织，身着红军装空前。

红歌嘹亮绕山涧，仿佛润之在人间。

触景生情服远见，身临其境笑开颜。

2019 年 7 月 1 日

山东忠信评估公司搬家

六月六日三个双，吉日良辰利搬迁。

文博写字楼再见，见证十一年发展。

租用鲁润名商城，承载日新求拓展。

济南今明中大雨，天时一到把家搬。

2019 年 7 月 6 日晨

注：徐云红、王妍、杨瑞、刘艳玲、付正波协助搬家公司搬家。

富硒南山泉水库护坝记

富硒南山泉水库，大坝尖突人行难。

杂草丛生坝中断，沟东沟西成天堑。

拉土筑坝四不像，清淤挖库钩机干。

南北两面青石护，筑坝建坝两春天。

如今险阻变通途，车辆并行亦安然。

2019 年 7 月 7 日中午

台儿庄游感怀

台儿庄之战已远，抗战必胜信心在。

曾经炮火毁坏地，恢复重建留记载。

四面八方观光客，川流不息接踵来。

亭台楼榭意深远，建筑艺术藏珍爱。

占用三千余亩地，气势恢宏利万代。

2019 年 7 月 21 日

省造价协于振平秘书长
视察富硒南山泉

行业调研入枣庄，山东忠信开座谈。

关心备至探水源，莅临富硒南山泉。

视察指导情满怀，真知灼见谱新篇。

品尝甘泉览美景，瞻望未来促发展。

2019 年 7 月 18 日

微山岛游感

微山湖上船如梭，微山岛上人如织。

码头繁忙车堵塞，渡船宾客往来痴。

乘船观湖采莲蓬，莲花破水正嬉戏。

绕岛一周湖一色，落日湖影鸭声稀。

船后浪花滚滚去，一船笑声留游子。

鱼鹰钻水忙捕获，仓满歌谣催浆急。

2019 年 7 月 21 日

北京考察旅游感怀

著名古都北京城，几代王朝天下兴。

雄视天下谋崛起，当今领导最英明。

忠信组团英才来，考察博览学燕京。

旅者增智开眼界，尽力复兴欢笑生。

2019 年 7 月 25 日

国家科技馆感怀

未来与发现同居，科技与科学迭起。

创造梦牵着发现，发现举着发明仪。

高新科技入天地，探索未知创新智。

启发来者爱思索，真知灼见扩见识。

2019 年 7 月 26 日

故宫博物院观感

两朝故宫博物院，曾经君临天下登。

如今胜地人潮涌。明清兴衰导游声。

宫殿威严今尚在，不见文武上朝廷。

牢记联军凌辱史，不忘崛起兴太平。

2019 年 7 月 26 日

瞻仰毛泽东遗容

想当年叱咤风云，您如今万人敬仰。

音容笑貌在眼前，缅怀遗容想英明。

气壮山河千古爱，恩泽盛世留太平。

聆听万岁欢呼声，雄才大略万世名。

心中想念毛泽东，千里感恩大救星。

2019 年 7 月 26 日

观赏北京动物园

动物园里动物多，清朝修园占地阔。

昔日王朝随风去，动物依然养此居。

绕园一周多曲折，分区观赏勿手摸。

看尽珍稀濒灭绝，识认未知心自乐。

2019 年 7 月 27 日

登长城感言

浩瀚雄踞崇山巅，蜿蜒曲折秦长城。

抵御强敌修工事，空留城墙寓意中。

如今游客似长龙，烽火万里早息声。

忠信人登成好汉，八达岭上铸人生。

2019 年 7 月 27 日

观览清华大学

憧憬着心中殿堂，冒暑到百年清华。

聆听着状元故事，寄希望来者奋发。

品读着荷塘月色，感知识青春年华。

拱门记载着进步，日暑行胜于言塔。

忠信人崇尚科学，观风物长智思大。

2019 年 7 月 28 日

七夕节

相爱在梦里团聚，相思圆梦于七夕。

逢年相会鹊桥上，倾诉相思泣天地。

牛郎牵着织女手，拥抱甜蜜爱情里。

2019 年 8 月 7 日

利奇马9号台风送雨

"利奇马"风级十六，在浙江沿海登陆。

加带着狂风暴雨，受雨面几年一遇。

持续之长极罕见，抗洪防涝必关注。

一洗干旱缺水日，久旱不雨逢甘露。

台风凭势送雨来，连绵几日暴风雨。

2019 年 8 月 10 日夜

晨赏凤鸣湖

垂柳拂面含笑迎，茶花招手入怀中。

海棠弄姿隐丛间，百鸟偷窥争爱宠。

点缀亭台布沟壑，小桥流水盼浪涌。

凤鸣湖上听蝉吟，一湖山色绕龙凤。

2019 年 8 月 24 日晨

于玉书记视察富硒南山泉

惠风和畅花果香，尊迎博士视察泉。

亭前观览暖心语，品赏富硒南山泉。

高屋建瓴献大爱，光辉照人留溪涧。

指示鸿盛古泉旁，于玉书记赞山泉。

2019 年 9 月 20 日

大连庄河褚国明认祖归宗

千里迢迢寻根祖，祭奠褚氏家祠殿。

求源一论庆字辈，再寻富硒南山泉。

品微山湖鱼米香，观铁道游击队展。

褚宏峰忙于接待，褚福祥亲情表现。

褚国明认祖归宗，兰陵褚氏是家源。

2019 年 10 月 5 日

富硒南山泉环泉路硬化竣工感言

荒山野坡泥泞地，乱草杂生不见泉。

而今泉涌貌溢彩，环泉路平沟壑涧。

通衢招迎客人来，蝉鸣蛙唱笑满园。

一泉名扬四海知，绕游一周无天堑。

2019 年 11 月 24 日

怀念母亲

怆然追思整七载，伤悲绵延难阻断。

想母念母与日增，无奈孝心难如愿。

慈母驾鹤已远逝，痛心顾恋甚想念。

母恩泉涌般浮现，一片赤诚成哀婉。

2020 年 1 月 23 日

富硒南山泉的
珍珠油杏迎春花开

含苞待放羞不语，朝露欲滴蕾争开。

枝头待绽朵朵艳，一树花仙迎客来。

三月春俏子先知，百花艳羡杏花开。

2020 年 3 月 18 日晨

赵庆平视察富硒南山泉

春花烂漫风和煦，红旗猎猎迎风扬。

泉水潺潺鱼儿游，鸟儿欢唱清泉旁。

兄会友人已先到，赵庆平莅临泉上。

痛饮富硒南山泉，盛赞水质溢芳香。

2020 年 3 月 22 日

春　来

桃开花红露珠晶，一夜春雨燕归还。

杨柳不知冒新芽，蝶舞溪潺牛耕田。

2020 年 3 月 30 日晨

贺茂之将军视察富硒南山泉

春夏之交雨霏霏，喜鹊枝头报佳讯。

好客富硒南山泉，迎来赫赫大将军。

功成名就还故里，品尝甘泉语如春。

2020 年 5 月 9 日

采摘珍珠油杏

黄橙油杏挂满枝，招引伊人采摘来。

雨珠欲滴惊鸟飞，踮脚攀背登梯摘。

雨后树下阳光露，回眸一笑杏湿怀。

2020 年 6 月 10 日

自然资源审计感言

北湖审计旗帜，携忠信人扛立。

勇敢潮头领航，自然资源审计。

石桥镇开先河，恰逢离任审计。

堪称优秀项目，促进发展大计。

2020 年 6 月 30 日

参加山东省注会协资产评估协会
2020 年度监事会议感怀

黛奚山庄首委会，审议通过财务年。

一览邹平鹤伴山，阅尽好景庙宇间。

注会硕果一报告，尽显业绩汇成篇。

资产评估刚审核，骄人成绩呈眼前。

2020 年 7 月 9 日

王亚视察富硒南山泉

祥云一朵又一朵，红旗招展正鲜艳。

东风吹拂贵人来，鸟语花香满溪间。

盛赞生态健康品，品尝富硒南山泉。

奇思妙想助发展，王亚领导视察泉。

2021 年 12 月 8 日

会友富硒南山泉

周长民邀崔培峰，品饮富硒南山泉。

骄阳似火心里甜，兴高采烈情高远。

阅尽景色听溪声，赏泉颂风光无限。

2020 年 7 月 13 日

叙旧富硒南山泉

凉爽小暑雨天连，王泽民携孙建民。

富硒南山清泉迎，王晋随父母莅临。

聚生态园赏美景，吴玲一笑泉清新。

道不尽友情叙旧，说不完福泉惠今。

2020 年 7 月 14 日

刘德清友情系甘泉

刘德清携妻子妇，品游富硒南山泉。

暑雨连绵天凉爽，赏景叙怀情难眠。

云南小别又一载，两会泉旁千里远。

饮南仙公水康健，幸福全家庆余年。

2020 年 7 月 18 日

南阳古镇游记

黄山码头无码头，尚待开荒成人流。

坡陡侧滑稳上船，弯窄河道傍苇柳。

船夫拉客荷花岛，实为酒店找理由。

饭后离店走水路，店主开船送岛后。

南岸寻路登古镇，沿河观景探古悠。

南阳古镇一条街，青砖灰瓦飞檐鎏。

莲蓬蒲扇荷叶茶，鸭蛋湖鱼编织牛。

镇小岛小区域小，治安区划虑长久。

微湖北面一明珠，开发名岛布局有。

划船老翁桨声远，游车穿行客不留。

红色码头在南头，北头无码头难求。

风驰电掣暑热去，七人笑颜等来秋。

2020 年 8 月 1 日

陈正文秘书长视察富硒南山泉

秋收十月人欢笑，红橙黄绿果满园。

视察忠信作指导，莅临富硒南山泉。

观溪潺潺泉涌动，饮泉一杯心甘甜。

2020 年 10 月 2 日

赴河北悼念二妗子姚秀芳

来时浑身着夏装，九百里外穿冬装。

寒气袭人冷瑟瑟，方知河北异枣庄。

奔丧本来泣断肠，天冷裹哀悲苍凉。

妗子突然患病逝，悼念痛哭泪两行。

2020 年 10 月 4 日

二妗子去世奔丧

国庆元旦双佳节，驱车九百到枣强。

少小未走姥姥家，年近六旬才六趟。

李宁永举结婚时，三姨二舅高维爽。

昨日表弟忽报丧，妗子去世后天葬。

兄弟三人偕夫人，二姐秀玲同奔丧。

一过十一天寒冷，痛失亲人极悲伤。

2020 年 10 月 4 日

河北返乡感悟

昨天去时短衬衫，今天返回着厚装。

九百里路云和月，季节变换太无常。

下午河北忙殡葬，转眼晚上到枣庄。

人生祸福在旦夕，峥嵘岁月亲情长。

2020 年 10 月 5 日

秋火焰枫树叶红

每年十月枫叶红，秋火焰一树绚烂。

远观火焰般艳丽，近赏绿叶早红遍。

一团团云集簇簇，成片林海灿满园。

美不胜收景色异，览尽妙姿人欢颜。

2020 年 10 月 6 日

南常西南井

先祖挖井世代颂，吃水不忘挖井人。

赐福褚姓贯古今，普施康寿井为根。

2020 年 10 月 25 日

新基建高质量优效益研讨感言

金秋十月研讨会，全国精英寻发展。

去年同样来探知，北京西国贸酒店。

新基建方兴未艾，一派繁荣老基建。

扩拓范围投融资，高质量求存谋变。

指明方向助梦圆，高效益蓝图实现。

创新驱动为引领，智能运用必超前。

造价一度想突破，全过程花开艳艳。

2020 年 10 月 30 日

刘晓璐视察富硒南山泉

初冬乍寒暖如春，贵人如约而莅临。

喜鹊声声已报喜，探讨古泉定方针。

视察富硒南山泉，饮泉品赏情义真。

留下金句和良言，刘晓璐清风名镇。

2021 年 5 月 6 日

包敬中视察富硒南山泉

微风轻柔暖如春，喜鹊绕枝花鲜艳。

千里相会明泉旁，感慨富硒南山泉。

执友常务副市长，心系古泉思水源。

微湖沐浴贵人福，包敬中善施爱缘。

2020 年 11 月 24 日

王允庆校长视察富硒南山泉

星月璀璨赏圣泉，墨香四溢结善缘。

夜会富硒南山泉，饮泉抒发情怀篇。

初识机缘成挚友，志趣相投恨见晚。

谋划布局写乡情，王允庆名留古泉。

2020 年 11 月 27 日

周洪伟经理夜赏富硒南山泉

满天繁星赏圣泉，激扬挥毫逸香篇。

描绘富硒南山泉，遒劲有力且飘然。

初来乍识巧机缘，一见如故胜多年。

古有羲之和遂良，今洪伟泼墨饮泉。

2020 年 11 月 27 日

李守义携妻李桂英视察富硒南山泉

春寒料峭百草生，先闻笑声富硒园。

家兄邀友来相聚，高宾满座皆欢颜。

曾是一方父母官，风采依旧似当年。

有缘富硒南山泉，领导一笑共饮泉。

2020 年 12 月 12 日

张庆安董事长考察富硒南山泉

暖风习习恰似春，济阳客人远道来。

考察富硒南山泉，求水长寿禄常在。

亲自驾车三生幸，喜乐健康心存爱。

饮弱碱泉水养生，张庆安福如东海。

2020 年 12 月 3 日

感怀王允庆校长墨宝余香

书送乡情义浓浓，手捧墨香念情长。

文书偶合情无价，字字千斤为兴邦。

楷书刚一网上传，褚氏家祠急收藏。

千古流传一手字，资政育人整日忙。

2020 年 12 月 13 日

李光瑞再次光临富硒南山泉

冷风冽冽情意浓，四友再聚恨相晚。

口留茶香返金乡，会聚富硒南山泉。

教书育才在党校，普施情怀饮古泉。

品赏畅谈笑颜欢，李光瑞再续泉缘。

2020 年 12 月 13 日

王健视察富硒南山泉

寒风凛冽喜迎客，四朋同来乐忘返。

金乡贵客宾至归，尊问富硒南山泉。

曾经叱咤风雷动，抒写豪情万丈篇。

饮水思源品甘泉，王健会友探古泉。

2020 年 12 月 13 日

与丁祥军相聚富硒南山泉

岁末冬月刚临近，瑟瑟寒风又一年。

笑看人生古今事，融入富硒南山泉。

凭栏远望佳丽姿，回眸一笑饮甘泉。

泉前聚首本相知，丁祥军品泉畅酣。

2020 年 12 月 20 日

龙东会长再次光临富硒南山泉

隆冬时节复又至，岁末年尾冬至寒。

谋篇布局诗朗诵，协商富硒南山泉。

布局谋篇楼榭前，两次莅临赞甘泉。

统筹宣扬南仙公，策划统领显才干。

2020 年 12 月 20 日

李倩主任初会富硒南山泉

三十八年弹指间，青春靓丽貌若仙。

一笑倾城传播远，宣传富硒南山泉。

旗袍舞动南仙公，采访场景为观泉。

初识协商宏图志，李倩文声音似泉。

2020 年 12 月 20 日

十年征文感怀

——赞济宁市审计局北湖省级旅游度假区分局
成立十周年庆典

十年磨剑剑出鞘，成绩斐然写新篇。

宏论巨著皆佳言，汇集智慧再争先。

2020 年 12 月 20 日

南仙公富硒南山泉
助忠信人体健业旺

忠信饮水南仙公，神爽貌美人年轻。

甘泉滋养身体壮，干事创业路光明。

健康铸就幸福篇，富硒泉水事业兴。

2020 年 12 月 26 日

迈进新征程质管
再提升活动感怀

迈进新征程，质管再提升，

忠信人立行，推落实到位，

十人齐朗诵，一人读经典，

热情激扬高，气势皆恢宏，

行业党委办，活动掀新高，

忠信要先行，人奋精气壮，

创作契主题，统一着新装，

一展忠信容，表彰助奋勇。

2020 年 12 月 26 日

南仙公和南仙玉饮

诗歌诵读感怀

甘甜泉水润天下，英姿飒爽饮清泉。

能歌善舞为水动，朗诵诗词赞甘泉。

旗袍协会慕名来，举办盛宴品清泉。

台前幕后显英姿，一唱家喻富硒泉。

2021 年 1 月 3 日

购南仙公呐喊喷泉偶得

不辞辛苦千余里，郑州购呐喊喷泉。

南仙公呐喊喷泉，落户富硒南山泉。

不期湖光五彩飞，喊声震天冲霄汉。

呼风唤雨叱咤间，水柱突射笑泉涧。

2021 年 1 月 19 日

南仙公呐喊泉有感

仰天一笑冲天外，声声入耳呐喊泉。

人山人海为一试，释放心声吐纳言。

彩柱击破云天际，撒下星河落九天。

万丈高度显气量，惊破天穹唯喊泉。

2021 年 1 月 19 日

呐喊减压话喷泉

爆竹声声贺新岁，呐喊声中降祥瑞。

一喊减压胸腹舒，气顺释怀健康随。

2021 年 2 月 13 月子夜

新春假期突遇倒春寒

春风送暖突倒寒，风萧雨密知衣单。

身着薄装度新春，御寒准备忙过年。

假期期间访亲友，记挂关切又一天。

爆竹声声闹新岁，嘘寒问暖御春寒。

2021 年 2 月 14 日晨

孺子牛精神

耕牛犁地殷实家，奔牛不息自奋蹄。

立时反刍扭乾坤，朝出晚归卧暮席。

俯首甘为孺子牛，鸟儿立背满稚气。

斗牛场上显雄姿，争当牛王拼尽力。

牛阵破敌远古事，田中铁牛人皆知。

2021 年 2 月 15 日

相　聚

华能曲阜热电厂，王广金会刘会民。

正月十三迎喜雨，牛年伊始勇奋进。

初次相识人常聚，审企联动助成金。

2021 年 2 月 24 日

春　来

杏花未尽樱花开，小溪偷乐冰消融。

柳树吐丝笑春来，韭菜冒芽寒尚重。

2021 年 3 月 11 日

忠信人庆节日登龟山

重峦叠嶂盼骄子，迎接忠信人登山。

哨声搅动青春曲，领奖台上笑开颜。

2021 年 3 月 13 日

春　归

柳冒枝芽燕南来，大雁北飞声满天。

一犁开播种土中，春暖冰融尚乍寒。

2021 年 3 月 19 日

苔菜花开

苔菜花开春盎然，蝶舞蜂飞花梢上。

古泉映花花更艳，佳人采花笑花黄。

2021 年 3 月 26 日

清明节前闻蛙声

夜半蛙叫吵梦醒，忽闻新岁第一声。

何处传来夏之音，楼前夜思小溪藤。

2021 年 3 月 28 日夜

表弟李西法

文化不高显文化，个子不高是精华。

常说什么不知道，吃肉喝酒笑哈哈。

倔强起来没法弄，意念执着顶呱呱。

人称河北精明人，拼命三郎李西法。

2021 年 3 月 29 日

兰陵褚氏家祠清明节祭祖

褚氏家祠明始建，毁坏重建已多年。

三重殿门向南开，大殿供奉始祖先。

每年清明祭扫日，隆重祭拜人如山。

名门望族贤达聚，缅怀先祖思根源。

2021 年 4 月 4 日

褚氏宗亲联谊总会
七次理事会有感

天下褚氏一家人，同祖同宗同血缘。

宗亲联谊七次会，适逢盛世国泰安。

凝聚褚氏企业家，联谊合作利抱团。

发扬光大褚文化，江西族人走在前。

承办伟业煌上煌，光宗耀祖一马先。

会长标杆褚建庚，名副其实家风传。

2021 年 4 月 10 日

参观煌上煌集团感悟

褚字大旗走在前，鱼贯进入博物馆。

琳琅满目世间稀，价值连城齐惊叹。

三馆收藏六百亩，瑰宝物件供品鉴。

一心跟党拥护党，党建馆展勇领先。

党的领导全体现，党建事迹一篇篇。

看高标厂房成排，现代生产条条线。

干净卫生煌上煌，快速发展谋新篇。

头雁创业徐桂芬，开创上市求发展。

掌舵门人褚建庚，做大求强纳良贤。

江西明星天下知，宗亲荣耀代代传。

2021 年 4 月 10 日

感怀江西高安褚氏南山村

驱车八十离南昌，到高安市南山村。

充气彩门立村口，万木吐绿争留春。

炮声迎亲响一路，雨中煌伞①正进村。

群聚褚氏千余人，家祠奉祖仁夫君。

堂内招待情满园，亲情跃然贯全村。

兰陵褚氏南山褚，南山褚氏南山村。

2021 年 4 月 11 日

---

①煌上煌集团发放的雨伞。

雨中褚氏龙街行

雨雾龙街缥缈中，煌伞宗亲步赏街。

紧邻门市立两旁，绵延千米商业街。

两千褚氏群聚地，一门一市褚姓在。

繁衍南昌闹市中，欢迎族人情似海。

2021 年 4 月 11 日

省注协梁仕念秘书长
视察富硒南山泉

风和日丽蝶飞舞，溪水潺潺花满园。

莅临忠信作指导，视察富硒南山泉。

绕泉一周探水源，举杯一笑饮甘泉。

2021 年 4 月 13 日

筹备盛会开启新纪元

筹备盛会落帷幕，开启褚氏新纪元。

抱团发展成文化，传承家风开新篇。

我辈宗亲齐努力，中华褚氏奋勇先。

爱党爱国爱宗亲，承袭祖训代代传。

2021 年 4 月 14 日

礼赞褚氏酱鸭煌上煌

徐创卤鸭打天下，桂砥砺上市发展，

芳华昌盛徐主席，褚氏酱鸭广为知，

建连锁力拓加盟，庚帷幄海纳贤智。

褚掌煌上煌帅印，浚才智造铸大志。

褚连农户鸭满园，剑指地产独一帜。

褚氏招待五星级，琳琅满目显业绩。

永世屹立百年店，世载盛名万古青，

发家致富共富裕，业辉煌鹏程万里。

2021 年 4 月 23 日

注：本诗为藏头诗。

感恩二十年

二十年风风雨雨，二十年坎坎坷坷。

二十年雨后彩虹，二十年含辛茹苦。

二十年砥砺前行，二十年创业艰辛。

二十年与您同行，二十年卓越相伴。

二十年并肩奋斗，二十年不弃不离。

二十年刻骨铭心，二十年锲而不舍。

二十年求生求存，二十年铸就梦想。

二十年不计荣辱，二十年共创伟业。

二十年感恩戴德，二十年可泣可歌。

2021 年 4 月 28 日

张华梅业绩骄人

女中豪杰领头雁，巾帼英雄好局长。

一颦一笑显妩媚，一行一动创新强。

运筹帷幄揽全局，掌控驾驭高智商。

审计走出特色路，张华梅再创辉煌。

2021 年 5 月 8 日

福州所长综合能力提升班有感

五月梅雨降福州，相约百年聚春园。

所长综合提升班，分享经验笑说间。

顶尖教授弘儒风，山东注协妙手撰。

业内奇葩品学赏，耳目一新铸新篇。

2021 年 5 月 21 日早晨

褚氏企业家联谊会筹备述怀

聚团聚商切实际，会面方案即初现。

联谊筹建祝业成，强强联合始终贯。

寻求兴业益族人，家国情怀做贡献。

共建强盛富裕路，抱团发展是关键。

2021 年 5 月 25 日

强对流天气惊梦醒

北风呼啸十一级，横扫鲁北中东南。

子夜写作忙不停，细听楼哨响南面。

强劲风声刮半夜，惊醒晨梦听风旋。

2021 年 5 月 26 日晨

演讲比赛感怀

读来声柔气顺畅，婉转悠扬荡气肠。

文静一笑透灵气，才思飞扬写文章。

编排竞赛内含秀，慷而慨朗诵激昂。

2021 年 5 月 26 日

打新冠肺炎疫苗有感

动员全所打疫苗，早排长队苗有限。

做表率身体力行，嗜睡臂微酸疼感。

注意饮食多休息，普及预防人人担。

审计工作常外出，打上疫苗抗病患。

2021 年 5 月 27 日

鑫源明珠开盘庆典感怀

鑫源明珠择吉日，盛大开盘献佳品。

锣鼓喧天舞龙狮，名人一唱楼成金。

四面八方宾朋至，竞者相聚一购新。

稀世楼盘奢华居，璀璨绽放城中心。

家具齐全房完美，葛卫兵胸怀古今。

2021 年 6 月 11 日

陈正文会长一行赴枣调研

谋求发展姜培东，高屋建瓴陈正文。

余热四射数柴磊，承前启后朱孔文。

深入忠信留指导，察厂赏泉品杏味。

挥毫泼墨明方向，促发展士气大振。

2021 年 6 月 17 日

贺兰陵褚氏家族理事会

沛县分会成立

沛县族人有一支，深耕沛公地多年。

繁荣昌盛事业成，子孙兴旺美名传。

本是兰陵一家人，寻根问祖入南山。

根枝茂盛连一脉，老家心系族人念。

褚氏家族理事会，委派专人送名匾。

逢成立沛县分会，恭贺礼金一千元。

恩兰陵族谱一部，查阅其名找本源。

热心族业褚衍奎，万华天居褚夫全。

褚氏大事载史册，传承家风万万年。

2021 年 6 月 20 日

褚氏企业家联谊会

筹备会感言

族人宗亲目标明，召开一次筹委会。

体现煌上煌精神，抱团发展放光辉。

济南青岛迢迢来，泰安沛县紧跟随。

临沂微山不落后，踊跃参加向前追。

褚氏企业家满座，增进团结谋互惠。

星耀族贤人才出，我辈努力岁增辉。

2021 年 6 月 27 日

有感于枣庄市财政局举办
庆祝党的百年华诞演唱会

庆祝党百年华诞，精彩纷呈歌洪亮。

各个支部逐登场，座无虚席胸戴章。

节目一个接一个，精彩夺目红歌扬。

苦练内功多彩排，开腔一唱群激昂。

注会行业党委上，明天会更好唱响。

且听高歌强国梦，激情澎湃诵读琅。

不忘初心感党恩，牢记使命心向党。

掌声雷动常起伏，红船精神放光芒。

2021 年 6 月 28 日

参加山东省注册会计师行业
十四五发展规划论证会感怀

建党百年华诞，全国举行庆典。

不忘来时之路，复兴奋进志坚。

东岳山庄观看，专家自豪惊叹。

绘十四五行规，论证集思建言。

高屋建瓴谋局，行业发展成篇。

目标任务明确，业内拼搏实现。

协会呕心沥血，编撰架构超前。

2021 年 7 月 1 日

微山县审计局
棚户区改造审计感言

微山审计开先河，创造奇迹业领先。

棚户区改造审计，立潮头率先垂范。

五十项目十三镇，记点清楚步量遍。

九十亿资金投入，翻看查证护家园。

船渡微湖深入岛，现场查证细盘点。

来龙去脉审清晰，监督到位威慑显。

陈科局长老审计，呕心沥血冲在前。

2021 年 7 月 2 日

张梓琪聪明

聪明伶俐小才女，小学二年级状元。

获五奖状传捷报，德智体全面发展。

语文数学科代表，学古筝一能多专。

学霸优秀班干部，演讲比赛口才现。

全市国际象棋赛，荣登第一名美赞。

有志成为大栋梁，不懈努力莫怠慢。

2021 年 7 月 13 日

贺褚衍博被清华大学录取

十年寒窗荣登榜，褚衍博入清华园。

栋梁才俊耀家族，饱学之士为人先。

褚氏辈有人才出，名校喜迎世代传。

激励后人奋发为，学有所成报国献。

2021 年 7 月 16 日

山东忠信会计师事务所党支部
被评为"全国先进会计师事务所党支部"感言

佩戴红花受表彰，诚信楼内记瞬间。

财政部领导合影，掌声雷动喜欢颜。

百年华诞奖百家，意义深远树理念。

先进基层党组织，忠信支部是一员。

载誉凯旋践使命，贯彻落实意志坚。

感谢组织感恩党，不忘初心奋勇前。

牢记先进做表率，为党忠诚万万年。

2021 年 7 月 22 日

弟

信息科时任科长，成绩突出省前三。

市政府办副主任，分管负责效斐然。

市政府副秘书长，协助市长促发展。

纪检五组任组长，反腐倡廉走在前。

市公路局任局长，全市道路修一遍。

市供销社任主任，经营效益很可观。

为人忠厚乐助人，全国先进世称赞。

从小立志苦读书，奋发有为作贡献。

大爱善德美名扬，赤胆忠心旗一面。

爱岗敬业善开拓，长于创新眼光远。

2021 年 8 月 16 日

秋　寒

耳闻窗外雨潺潺，一场秋雨一场寒。

淅淅沥沥连阴雨，秋风瑟瑟天天寒。

2021 年 8 月 26 日

富硒南山泉颂

牛鼻喷涌常年流，清浊奔腾辨源头。

据传泉水涌千年，赏泉吟咏聚九州。

饮思古泉万世传，顶礼膜拜荡悠悠。

山洪裹挟流淌去，赋赞健源入古都。

2021 年 9 月 27 日

秋　雨

秋雨乍凉风瑟瑟，泉水甘甜氤氲间。

秋雁南飞声遗北，惦念伊人弱衣单。

2021 年 9 月 28 日

褚福照参加军装运动会

身着迷彩服，头戴五星帽。

军装运动会，威武士气高。

2021 年 9 月 30 日

泉边秋天杏花开

草肥水美莺歌舞，村姑笑看果满园。

娇媚羞涩映花蕊，杏花秋开艳泉边。

2021 年 9 月 30 日

秋　收

刨拾花生苹果红，掰收玉米栗子园。

巧割黄豆摘大枣，开镰芝麻籽饱满。

揪下黄梨猕猴桃，炸开石榴籽实甜。

金黄脆甜爽口桃，场院葡萄一串串。

2021 年 10 月 1 日下午

假日忙锄草

荒草繁茂欺禾苗，烈日之下锄草忙。

国庆节里立田间，挥汗如雨助苗长。

2021 年 10 月 1 日

辛苦在田间

锄草蒜苗间，汗流难睁眼。

躬身忙施肥，腰酸哪敢闲。

田间劳作苦，步履尚蹒跚。

手握锄头镰，饥渴忘饮泉。

2021 年 10 月 1 日

妻子张霞苦中有乐

脚不沾地前后忙，不停穿梭制水间。

喂狗喂羊鸡鸭鹅，忙收忙管不得闲。

宣泉迎往操持家，日复一日忙到晚。

曾把麦苗当韭菜，入乡随俗南山泉。

2021 年 10 月 1 日

韭菜花

满园翠花一朵朵，摘采一刀又一镰。

妯娌姊妹忙剪粒，捣碎油拌美味餐。

2021 年 10 月 2 日

拔花生

弯腰刨拔一棵棵，分畦列亩一行行。

车拉晾晒一大垛，一棵一摘昼夜忙。

2021 年 10 月 2 日

花　生

细嚼花生味真香，每餐品尝习为常。

一棵一粒皆辛苦，谁人知道日夜忙。

2021 年 10 月 2 日

茄地锄草

紫色秋茄长圆形，表面光泽耀株枝。

紫花含笑散枝头，椭圆翠叶迎晖立。

十一长假沐香苑，眼见庭前被草欺。

汗滴打湿旱土地，锄去荒芜长茄子。

2021 年 10 月 3 日

韭菜地除草

怡然自得韭菜地，躬身锄草身体健。

正看成行侧成片，翠嫩欲滴惹人馋。

2021 年 10 月 5 日

孙子孙女福照福瑞语出惊人

还差三天才三岁，语出惊人让人奇。

上车语出惊四座，弟姐双璧羡不已。

2021 年 10 月 11 日

注：褚福照三周岁差三天。

与谢周永相约回老家

相约梨园未识面，转览龙床水库边。

坐亭一赏水库险，三良村首笑谈间。

喜看前中后新貌，四周生存老家园。

李小鹏携妻带子，周永举举家来前。

分享火红好日子，深酌一杯情意绵。

三生有幸来相会，沐浴盛情续情缘。

2021 年 10 月 30 日

重游龙床水库

蜿蜒曲折隐崇山，羊肠道通幽奇观。

峻岭深藏万紫红，流水潺潺绕山涧。

一坝拦截落平库，凭栏一望沟壑险。

两岸炊烟缭绕生，浪漫逐洪瀑涟涟。

停坐悬崖十年前，同泳惊心忆当年。

2021 年 10 月 30 日

陈铭心灵手巧

温柔秀丽善钻研，设计排版显技巧。

网络信息连接桥，打印装订一肩挑。

一笑而过未知时，灵气睿智细中雕。

我与北京同心语，陈铭首悟出书妙。

2021 年 11 月 1 日

王妍秀中藏智

知识竞赛有名次，当家理财做会计。

文字校稿显水平，把握有度人有识。

俊俏智慧秀中藏，工作干练且努力。

谦虚和气作后盾，王妍一笑出成绩。

2021 年 11 月 2 日

南仙公玻璃瓶水增君寿

瓶小世界大，玲珑涵乾坤。

剔透泉水洁，富硒远近闻。

本是玻璃心，甘露滋润君。

一箱南仙公，健康玉液饮。

富硒南山泉，瓶送福寿君。

2021 年 11 月 5 日

注：纪念南仙公 330 毫升玻璃瓶富硒南
山泉水问世。

月下韭菜

繁星璀璨月当空，橘黄灯光照深邃。

满目苍凉浸寒色，绿油韭菜巧点缀。

月光如洗影婆娑，叶叶碧色似滴翠。

2021 年 11 月 12 日

李小祥视察富硒南山泉

风和日丽景如画，百鸟绕泉鸣唱欢。

一柱冲天飞彩虹，众人惊愕疑入天。

南仙公喷泉喷涌，李小祥呐喊震天。

笑迎首次飞彩虹，李文刚呐喊高远。

彩虹次次架天边，马阳洋运气呐喊。

乐享彩虹若隐现，咏叹富硒南山泉。

贵人福相有福气，举杯共饮长寿泉。

2021 年 11 月 14 日

父亲褚思唐

父亲有两哥一姐，兄弟姐妹亲情真。

大伯父廿五早逝，英名远扬人谢恩。

二伯父寿八十九，伯兄弟姊妹五人。

姑姑寿命九十一，养育表兄姊七人。

父母辛劳操持家，抚育我们共七人。

教育正统亲力行，功成名就有情分。

旧社会谋生卷烟，三次被盗贫困深。

淘井修路一马先，弘扬油碾子精神。

翻盖旧屋建新房，扩建庭院家风振。

早起五更赶集市，栽苗几厘换一分。

锄禾日当午汗流，耕田种地夜当晨。

一天也未进校堂，识字读书会写文。

常说如上三年级，不受憋屈享名分。

通情达理善解意，开明呵护爱后辈。

深明大义目光远，远见卓识巧思维。

冻死迎风站骨气，饿死不低头中肯。

记忆惊人人正直，引导礼智信义仁。

物品放置从不忘，一动察知何人为。

保管会计一肩挑，烧炕芋苗升控温。

分地分粮心算数，一口说出不差分。

算盘算数慢半拍，每赛必获速算位。

田园瓜果忙看管，家中吃果待队分。

集体食堂管理员，家中亲人被饿死。

母亲饿得腿浮肿，从不偷拿占分文。

临走衣兜翻人看，身正清廉高尚人。

调理邻里和睦处，买地赠人找锅门①。

省吃俭用顾脸面，养亲护朋远近闻。

救危济困常善施，一心为公公道伸。

大公无私长者范，农时牢记利亲邻。

早出晚归操碎心，种菜手筛仔细根。

头脑清醒拥尊重，多年一见口叫认。

队里先进劳模榜，众口夸赞颂德伟。

吹箫吹笛醉京剧，黄梅戏里唱忠臣。

子女夜回方入睡，深夜守坐熬时辰。

接送看护孙子女，照顾备至授学问。

一说褚氏倒背流，名门望族励惜珍。

终身传承褚文化，谨记祖训不忘恩。

褚氏本是官姓出，一代一代报国恩。

忙碌撰修褚家谱，日夜操劳逐登门。

感谢政府感恩党，家国情怀义举深。

教子有方人崇敬，子孙满堂舵掌稳。

勤奋睿智明事理，一生厚道追完美。

闲来久坐喜打盹，醒来谆教去愚昧。

胸怀博爱照千秋，料事深刻名声振。

父亲百岁永长寿，颐养天年万福臻。

2021 年 11 月 13 日

---

①方言，对象。

台儿庄古城因"疫"游稀

曾经熙攘热闹景，因"疫"门庭可罗雀。

西门官道今非昔，尚待游客惊鸿来。

2021 年 11 月 20 日

褚氏会长山东调研感言

隆冬时节温暖至，迎来宗亲联谊会。

不辞辛苦忙调研，高屋建瓴谋大局。

天南地北褚家人，抱团发展枣庄聚。

一心热血为褚家，责无旁贷因姓褚。

拜兰陵褚氏家祠，访两企开交流会。

热情高昂联大强，传承家风又一岁。

褚建庚会长捐款，褚世卿泼墨描绘。

褚维智用钱谨慎，褚代宽立言永铸。

穆朝庆迢迢千里，甘为褚氏献智慧。

百忙抽得一分闲，大爱无疆心操碎。

2021 年 11 月 20 日

微山岛旧貌换新颜

微山岛力创五 A，码头一新改旧貌。

坐罢游艇换冲舟，导游博识人俊俏。

微湖一曲泛湖面，太阳快要落山了。

隆冬时节冷瑟瑟，荷香泌脾一湖飘。

修铺柏油路纵横，教育基地全景造。

今非昔比容颜新，接纳游客风含笑。

2021 年 11 月 21 日

建设工程工程量清单计价标准

研讨会随想

四十人云集省会，在省造价协相聚。

建设工程工程量，清单计价标准会。

学者专家提建议，研讨热烈显智慧。

集思广益谋发展，制定杠杆人思归。

2021 年 12 月 3 日

运河审计—马先

青年才俊展宏图，规范思变求发展。

运河发电惠民生，家国情怀驻心间。

勇创佳绩一亮剑，姚树凯远瞩高瞻。

甘当审计守门神，高保东奋力争先。

孔亮巾帼树标兵，铮铮卫士走在前。

永葆青春如日升，百丈竿头人盛赞。

2021 年 12 月 7 日

枣庄市委市政府表扬
山东忠信会计师事务所

全市表扬建筑业，做到高质量发展。

先进典型加示范，践行新发展理念。

山东忠信会计所，全市表扬是一员。

聚焦目标作贡献，行业标杆成典范。

2021 年 12 月 12 日

妹妹褚莉

少小立志求学，从事财政数年。

奋进会计领域，服务事业机关。

监督检查科长，砥砺勇挑重担。

担任金融科首，聚力经济发展。

巾帼不让须眉，敢超越谱新篇。

家中尽孝爱女，护财理财骨干。

枣庄财政辉煌，一马当先贡献。

2022 年 1 月 16 日

感言褚魁元当选
薛城区政协委员

四九寒冬北风劲，两会盛开百花艳。

又是一年换届会，催人奋进利当前。

群英汇聚来四方，薛城两会奋争先。

参政议政参两会，政协委员褚魁元。

2022 年 1 月 23 日

抓　阄

微矿建南部新城，白化李谷堆启审。

工程建设已十年，完工审计迟未审。

安排谁审难决定，只好抓阄定谁审。

七家施工推两家，两家抓阄选两人。

五家审计抓两家，抓取一家仅一人。

写阄团好放筐内，伸手一抓中标人。

忠信中标开门红，新年好运自来临。

2022 年 1 月 27 日

当选市人大代表感言

换届两会谋新篇，继往开来开盛会。

两代一表齐相聚，绘就蓝图放光辉。

当选市人大代表，全票通过民意归。

有待建议利民生，忠诚履职参盛会。

2022 年 1 月 28 日

老泰山

泰山九十长者风，子女拜寿心自豪。

一生研究玉文化，桃李满园学问高。

地质专业铸基石，著书立说授机要。

关爱后人心系念，明事达理不失好。

两男一女膝下立，子孙满堂人欢笑。

岳母拔牙意外逝，保姆陪伴子尽孝。

2022 年 1 月 30 日

鞭炮无声过大年

红旗猎猎迎新春，泉水清清泛漪涟。

独立富硒南山泉，阳光普照北风寒。

喜鹊喳喳绕泉边，流水潺潺人欢颜。

亲朋拜年送祝福，鞭炮无声过大年。

2022 年 2 月 1 日

火红灯笼挂泉亭

大红灯笼挂亭檐，红红火火祝虎年。

骄阳普照万物新，福贴富硒南山泉。

红旗招展相生辉，普天同庆品甘泉。

冬景秀丽盼雪飞，水中倒影火红年。

古泉涌出健康水，饮水思源心甘甜。

又是一年春灯换，赏灯观泉众开颜。

2022 年 2 月 2 日

台儿庄古城会友

会友匆匆去，一时匆匆回。

友人未识面，相见他人归。

疫情游人稀，年关午升炊。

未得一闲心，折台返嘉汇。

2022 年 2 月 3 日

感怀第 24 届冬季奥林匹克
运动会北京开幕

第廿四届冬奥会，北京双奥城开幕。

熊熊之火再点燃，传承精神主旨突。

更快更强更团结，赛场之上猛如虎。

一起向未来出发，可期赛事拉大幕。

七大项十五小项，金牌榜上竞相逐。

拼搏竞技展雄姿，五彩缤纷雪花出。

精彩绝伦具匠心，歌舞演艺新征途。

东道之主全参赛，北京又被世瞩目。

壬寅立春迎盛会，恰逢一年物复苏。

健儿赛场齐拼搏，戴好口罩少接触。

疫情难阻进取梦，圆梦之路中国筑。

天南地北来相聚，参加盛会争荣誉。

中华健儿扬国威，奋力拼搏金得主。

2022 年 2 月 4 日

祝　寿

父亲百岁老寿星，每年初五过大寿。

全家子孙群相聚，献蛋糕恭贺长寿。

家办两桌寿宴席，外加亲朋和师友。

生日快乐福如海，寿比南山喝美酒。

2022 年 2 月 5 日

春来花痴

迎春花开笑春痴，樱花怒放俏争春。

杏花含苞待时放，蜜蜂采蕊惊花魂。

2022 年 3 月 12 日

花开春忙

一蜂引来百花开，万花齐放尚料峭。

泉边杨柳正吐蕊，花下耕女姿俊俏。

2022 年 3 月 13 日

惜春如金

满树杏花迎春开，一畦蔬菜笑春归。

刚闻燕子踏歌来，转瞬即见麦抽穗。

2022 年 3 月 19 日

修剪红蝶树

天旱叶黄地蒸腾，骄阳烘烤五月田。

劳动节休假五天，红蝶树下忙修剪。

野鸡无语鸟歇凉，空旷原野剪声远。

咔嚓声中杂枝落，傍晚炊烟才收剪。

早出晚归一整日，汗流浃背已忘返。

2022 年 5 月 3 日

知错就改

租出地边自栽树，不知谁人都折断。

侵占租地逞英雄，一怒拆网砸断杆。

猜疑指向迁怒人，路上污言骂三天。

自己查清何人为，方知骂错无脸面。

大年初三忙赔偿，车拉杠抬水泥杆。

三年之后拉围网，砸烂六棵立六杆。

赔礼道歉承认错，自食其果心里寒。

管妻不严小福勇，惹事生非常不断。

好在自悟明事理，自购线杆自更换。

2022 年 2 月 3 日

参加枣庄市十七届人大代表

履职能力学习班感言

承担依法履职责任，肩负学习提升重担。

七十人大代表相聚，提高能力意志更坚。

先锋模范使命光荣，增智赋能理论校园。

枣庄人大组班培训，出谋划策促进发展。

2022 年 6 月 1 日

富硒南山泉山洪暴发

清澈不知哪如许，浊浑滚滚山上来。

风雨骤打泉亭湿，咆哮山洪奔大海。

2022 年 7 月 6 日

邯郸一路三千年

三千年前人走过，三千年后人再走。

赵武灵王从此过，车马巷路自古有。

赵国之地邯郸市，从未改名当唯首。

等你来约三千年，笑握手三千年后。

2022 年 7 月 13 日

邯郸培训感怀

领略三千年文化，感受那物华天宝。

瞻晋冀鲁豫陵园，无上光荣左权彪。

中国财经出版社，推综合能力提高。

行业所长齐相聚，山东注协发号召。

邯郸赵都大酒店，吃好住好培训妙。

再来邀会邯郸城，学深悟透换新貌。

2022 年 7 月 15 日

肥城两会述怀

君子之城桃运之都，范蠡西施肥城梦圆。

山东注协两会盛开，一滕开元名都酒店。

会长扩大财监效评，高屋建瓴擘画发展。

行业精英大亨献智，桃肥季取经百强县。

集思广益硕果累累，和谐团结一往直前。

2022 年 8 月 19 日

秋 风

秋风徐徐寒渐浓，梅花登陆冷雨急。

昨日热浪尚袭人，转眼凉意侵心底。

2022 年 9 月 15 日晚

褚莉荣升

奋发财政留足迹，一日荣升副县级。

走马上任公积金，发挥才智再效力。

须眉不让自强健，如牛奋蹄建功绩。

踏实肯干感恩党，干事创业是褚莉。

2022 年 9 月 13 日

爱湖码头一游

风光旖旎湖面寂，空有爱湖待客归。

码头难见游艇动，三叉湖光在等谁。

郭春玲相邀昭阳，王功成开车返回。

探观微湖成梦境，笑留倩影再相会。

2022 年 9 月 22 日

冰雹雨

龙卷冰雹袭郯城，极端天气灾害重。

树倒屋损伸援手，满目疮痍独花红。

枣庄亦下冰雹雨，昼变黑夜风雷动。

乘车日照去开会，电闪雷鸣雨淙淙。

2023 年 4 月 15 日

车间扩建动工

安得车间扩千平，施工动土挖地基。

开启增建小瓶水，空间拓展连成体。

流入富硒南山泉，千家盼饮客户急。

南仙公南仙玉饮，品种多样百年计。

喜享康寿开纪元，渠道畅通助受益。

炮声一响挖机忙，隆隆昌盛从此始。

2023 年 2 月 27 日

读褚庆桂编著的《南常古村》感怀

胸藏墨香气自华，才华横溢留笔迹。

满腹经纶著立说，平生自叙明心志。

自幼奋发坚毅在，谋略求变不自欺。

一朝获知踏仕途，两袖清风天下知。

晚霞犹感夕阳红，挥洒自如惜时急。

不待扬鞭自奋蹄，褚庆桂褚氏旗帜。

2022 年 9 月 30 日

风雨兼程

狂大雨点砸车响，电闪雷鸣云低垂。

风雨兼程一路行，枣庄赴日照开会。

2023 年 4 月 15 日

耕 耘

几度花开几春秋，人生自古爱追梦。

风霜雨雪寒冬去，燕来呢喃万物生。

2023 年 1 月 31 日

古泉迎客

时晴时阴冷清清，红旗招展灯笼红。

富硒南山泉笑迎，甘泉潺潺流心中。

八方来客纷纷至，波光潋滟冰消融。

笑谈古今千古事，渴望健康向泉冲。

2023 年 1 月 26 日

观呼伦湖

茫茫无际冰封盖，沿湖边人文景观。

敖包虔诚祭湖神，呼伦贝尔湖横坦。

阳光照洁白晶莹，草原明珠耀天边。

开车驰骋观湖色，鳞次冰崖悄拍岸。

2023 年 3 月 28 日

龟山汉墓

千年古墓在徐州，龟山汉墓世称奇。

能工巧匠构思妙，精湛技艺世罕稀。

一万六千分毫差，平行交汇西安市。

刘注夫妇长眠此，盗墓惊扰王寝室。

西汉王朝在眼前，游人如织天下知。

2022 年 10 月 9 日

过年祭母

十年生死转瞬逝，母恩如天再难圆。

今逢盛世瘟疫遁，平平安安渡难关。

夜思暮念母生前，慈母爱心在眼前。

吾母远去复祭日，过年难见母忙年。

2023 年 1 月 23 日

贺褚氏三会在枣庄召开

兰陵褚氏多才俊，名门望族志高远。

家祠家谱明代修，七修家谱祠重建。

油碾为根西汉立，西南古井褚氏泉。

春秋战国建阳城，南常古村商代传。

根深叶茂耕耘地，世享富硒南山泉。

德培太爷立旗杆，旗杆底座今尚全。

褚氏三会枣庄开，脉连求强谋发展。

中华褚氏名门后，为国崛起勇争先。

中华褚氏一家亲，盛会圆满时空前。

2023 年 6 月 10 日

红色教育抱犊崮

崮耸陡峭云高淡，抱犊崮上双池泉。

海拔五百八十四，崮下物种最齐全。

抱犊难寻缆车梭，滑道代步飞崮前。

凤鸣谷里观百禽，漂流惊险叫不断。

山珍美味唇齿香，风景醉目心生甜。

民国第一案发地，庙宇曾住罗荣桓。

兖州财政红色游，领雁巾帼张海燕。

张霞矫健人羡慕，张华倩姿留山间。

秦海腾攀峰览胜，梁忠秋登崮望远。

马成龙闲步探幽，周新文握方向盘。

忠信结对联手建，学深悟透学自然。

2023 年 5 月 14 日

济南表彰盛会

初夏表彰举盛会，济南蓝海大酒店。

品牌会计事务所，七十家领奖树典。

行业标兵二百人，引领高质量发展。

山东注会协赋能，立标先进优中选。

披红挂巾上台前，隆重颁发促贡献。

精英助推事业兴，筑牢树优树典范。

2023 年 6 月 6 日

结对共建

龙山长龙卧，山下出平原。

山之南称阳，龙阳镇夺冠。

蜿蜒龙阳河，龙田茶缀点。

党建结队学，李沙土村馆。

人杰地灵蕴，可歌可泣展。

历史牢记住，冯庄知青馆。

民风淳朴厚，党建勇争先。

共建红旗飘，党徽挂胸前。

吸一方经验，悟领先理念。

财政领导好，处处走在前。

忠信跟步伐，踊跃携手建。

2023 年 4 月 18 日

考察小瓶生产线

千里路途两日还，张家港里挑选三。

考察小瓶生产线，生产富硒南山泉。

南仙公品牌上市，灌装供应快实现。

2023 年 6 月 16 日

哭妗子长姐仙逝

一百零一成定数，驾鹤西去寿变仙。

呜呼哀哉亲朋痛，阴阳两隔再难见。

驱车吊丧九百里，枣庄手足亲情连。

妗子长姐明日葬，泪如滂沱涕涟涟。

董敬董超哭奶奶，四世同堂哭一片。

李西盘法哭大姨，吾与庆宪去悼念。

2023 年 7 月 12 日

扩建车间小瓶线

安得制水扩车间，续建小瓶生产线。

自控灌装琼浆液，把瓶入口润心田。

从此纷纷走天下，渴饮富硒南山泉。

南仙公扬名四方，南仙玉饮助康健。

2023 年 2 月 27 日

老家石榴

家兄栽下石榴树，每年十一红彤彤。

满树果实笑裂嘴，粒小紧实籽晶红。

红黄明艳皮肉薄，核硬味甜好品种。

颗颗饱满迎笑脸，团团圆圆聚心中。

弟摘筐筐丰硕果，赠送亲友情义浓。

2022 年 10 月 4 日

扩建车间立柱梁

立信立德立言立栋梁，立干立骨立撑立柱梁。

承载负重欣然肩上扛，俯身为孺子牛心舒畅。

2023 年 3 月 18 日

梁仕念秘书长
览胜徐州云龙湖

环绕山中出明珠，徐州繁都城中湖。

秋风烈烈水荡波，孤船帆影迎风溯。

小桥拱连玉带路，风景旖旎云龙湖。

乘缆车俯观湖色，梁仕念笑留景区。

2022 年 10 月 9 日

蒙阴主题教育

蒙山高沂水长流，培训云蒙大酒店。

主题教育诚信建，山东注会协举办。

来自全省各地市，学用经典深调研。

大青山突围胜利，反剿之战浮眼前。

沂蒙山小调诞生，铸就沂蒙精神传。

深山唱红词曲作，崮秀天下世桃源。

抗战山东一分校，培养骨干指挥员。

大众日报曾在此，白石屋村三面山。

垛庄合围孟良崮，隐蔽分散要靠山。

当年曾是军工厂，好人好马上三线。

山洞厂房让人叹，聚岱崮地质公园。

蒙阴党委很重视，亲身指导作讲演。

山东忠信在其中，聆听教导叹奇观。

2023 年 7 月 19 日

秋　日

秋风秋雨秋霜寒，秋分秋日秋天凉。

秋水秋冷秋露降，秋月明净品谷香。

2022 年 9 月 17 日

秋　天

秋风秋露知秋凉，天高气爽知秋忙。

衣单寒噤知秋深，手捧谷物闻果香。

2022 年 9 月 22 日

三月下雪

颗颗细粒从天降，风急怒吼雪打脸。

霎时骤雨变成雪，气温骤降天气寒。

杏花刚败三月雪，冻害无常花不残。

又是一年闰二月，雪雨一降倒春寒。

2023 年 3 月 16 日

山东评协济南开盛会

一城山色半城湖，荷花待放骄阳艳。

山东评协精英聚，三会开联勒宾馆。

会长扩大监事会，财务绩评同举办。

规划未来时空前，高屋建瓴谋发展。

韶光初放万物新，全国第一创连冠。

2023 年 6 月 9 日

山东注会协四会在枣庄召开

四面环山景色美，一培三会首创叁。

枣庄首次无先例，精英聚开元宾馆。

着力辉煌绘蓝图，擘画引领谋发展。

山东注会协举办，沐浴光辉尽欢颜。

四会集中一城开，部署落实力超前。

2023 年 5 月 31 日

十二生肖石雕落成

十二生肖落古泉，锦绣富硒南山泉。

精工细雕花岗石，南仙公落款齐全。

嘴里喷水入仙池，池里倒影泛漪涟。

融入仙境岁增寿，围拢一坐心自闲。

寓意生辰享高贵，健康饮水当思源。

2023 年 6 月 22 日端午节

时令知冷暖

国庆重阳双节来临，欢度节日放假七天。

入秋天气秋热持续，沉醉喜庆火热不断。

三号穿短裤风扇转，四号重阳阴雨绵绵。

转眼五号天气骤冷，滂沱大雨下到晚间。

谁知酷热突遭寒流，瞬息变冷若不同天。

冷风吹浑身冻发抖，秋深雨急添衣保暖。

天旱秋禾待雨滋润，降一场秋雨一次寒。

时令不同季节变换，每年庆祝同时同天。

2022 年 10 月 5 日

台风杜苏芮

发源太平洋，登陆在福建。

超强猛如虎，强劲心生寒。

江海翻波浪，平地滔连天。

台风杜苏芮，过境满目残。

狂风暴雨烈，雷鸣轰闪电。

肆虐如卷席，道路水流湍。

从南旋到北，山洪随处见。

洼地出平湖，施救猛划船。

物损树刮倒，转眼桥冲断。

眼见车冲跑，俯视心胆战。

风头发威去，外溢解大旱。

暴雨四五天，大伏似秋天。

2023 年 7 月 30 日

望　海

旭日东升半遮掩，曙光普照日照城。

雨后海景如蜃楼，凭栏远眺看帆升。

2023 年 4 月 16 日

闻最低价中标

同台竞技偶取胜，技高一筹谋发展。

云采网上中一标，学校幼儿园扩建。

最低价报价成交，德城区财政招选。

德城教育建设方，投资兴教为扩班。

总结研判立当前，再接再厉着力点。

吾所进入新市场，砥砺一步一层天。

2023 年 6 月 25 日

下　雪

纷纷雪飘冷飕飕，满天飞舞白茫茫。

千冬新年迎瑞雪，冷艳梅花正怒放。

2023 年 11 月 14 日

夏　雨

雨落禾苗舒，山川披碧绿。

醒来听蝉鸣，门前长新竹。

2023 年 6 月 26 日

杏　花

粉红朵朵羞渐浓，春熙柔润瓣瓣怜。

蜂恋蝶绕雀扰梦，纤弱轻指花絮艳。

2023 年 3 月 10 日

雪

远山素裹银蛇舞，眼前雪花纷纷飘。

万幢楼宇顿失色，千姿百态迎雪傲。

2022 年 11 月 29 日

雪中富硒南山泉

满天飞雪纷纷扬，飘落富硒南山泉。

赏客迎雪一身白，雪入泉水看不见。

2023 年 1 月 14 日

饮水思源

稀世宝泉最难觅，天赐富硒南山泉。

施降甘露造福祉，长命百岁思源泉。

南仙公南仙玉饮，品牌赋能长久远。

古泉古河建阳城，跨越千年换新颜。

健康好水育长寿，甘愿饮泉一万年。

2023 年 7 月 30 日

游览风景名胜熊耳山

恢复常态迎节日，气氛活跃齐欢颜。

乘车驰往熊耳山，四十三人立谷前。

三八妇女节活动，党团共建必争先。

创建青年文明号，勇攀高峰红旗展。

览尽裂谷黄龙洞，植树富硒南山泉。

山东忠信聚力办，全员奋进开新篇。

2023 年 3 月 11 日

枣庄环城绿道

二百六十五公里，绿道盘旋宕回环。

围绕闭环峰隽秀，花卉浮雕金银山。

国家城市森林地，环城碧水城中园。

风景绮丽欲滴翠，仙境奇葩驻人间。

地方首次出法规，保护建设促发展。

执法检查重落实，凤榴绿带成亮点。

区域板块有特色，开放共享新景观。

途上美景星罗布，赏购协同融自然。

休闲游乐加健身，文旅生态遍沿线。

到此体验享福祉，沐浴康养乐忘返。

2022 年 10 月 18 日

醒悟三日

昨日，风急、雨急、心急。

今日，风和日丽，当努力。

来日，风云变幻，可期！

去时不再有，时光留不住，难追忆。

来时情意浓，轰轰烈烈，酣畅淋漓。

期许美酒，几醉几醒，心怀美丽！

走过精彩路，婉约柔美，转眼烟云，成历史。

起步艰难，风雷动，万般坎坷，蕴春意。

盼坦途，奋进努力！

2022 年 9 月 14 日

蒙山感怀

见时难别时难，

蒙山在眼前。

母送子参军，

支前心忧担。

峰回路转，

五山连绵。

战地黄花分外香，

吾团在山间流连，

游客不断。

感悟红色文化，

学习革命精神。

放眼未来，

喜看蒙山红遍，

再品风光无限。

2006 年 4 月 15 日

地震无情人有情

5月12日14时28分，
汶川发生8级大地震，
顷刻地动山摇，
瞬间房屋倒塌，
映秀镇被夷为平地，
北川、青川、都江堰、卧龙等，
受其影响极大。

灾情十分严重，
伤亡人数较多，
一个个待拯救的生命，
被埋瓦砾中，
党中央、国务院、中央军委，
迅速作出指示，
抗震救灾。

温家宝总理，
地震发生后，

乘专机奔赴灾区，

两小时后第一时间抵达，

紧急指挥抗震救灾。

中央军委，

一声令下，

解放军、武警官兵、公安干警和志愿者，

火速赶到灾区，

冒死相救。

余震不断发生，

山体滑坡，

泥石流飞石俱下，

狂风骤雨大作，

急速打通艰难挺进，

通往震中汶川映秀镇交通道路、

通讯中断，

困难重重，

灾情就是命令，

只有奋不顾身勇往直前，

争分夺秒，

救死扶伤，

全体中华儿女伸出援手，

纷纷捐款捐物，

支援灾区重建。

胡锦涛总书记，

及时赶到灾区，

带来党中央的关怀，

鼓励士气，

自强不息，

尽一切可能拯救每一位生命，

重建美好家园，

夺取抗震救灾的胜利。

在大灾大难面前，

只有党的关怀才能照亮前进的道路。

让灾区人民深深感受到了党的温暖，

每一位生命都得到了最大的呵护，

抗震救灾的实践证明，

伤亡人员得到及时的救护治疗，

灾区人民得到及时安置，

吃饱穿暖，

无后顾之忧，

家园重建全国支援，

体现了地震无情人有情的美好人间。

2008 年 5 月 19 日

乡 情

当银色的月光铺满大地，

那闪着微弱的煤油灯光，

便从每家每户的茅草屋中透出，

让人感到格外亲切，

时时传来狗吠声，

打破了山村的宁静，

偶尔孩童的嬉闹声，

大人催喊回家的叫声，

墙角屋根蟋蟀的鸣叫，

使夜晚更显得寂静。

每当大雪封门，

就会把竹筐撑起来，

撒下粮食引诱麻雀，

长长绳子系在支棍上，

一见麻雀到筐下觅食，

用力一拉，

便把贪婪的麻雀逮住，

这成了极大的乐趣。

蹲墙根晒太阳四邻八舍，

东家长西家短，

婚丧嫁娶儿女上学，

几分钱一棵的黄瓜茄子苗子……

话题宽泛无所不包；

小伙伴追逐嬉笑，

发情的猪不吃不喝，

在猪圈里跑圈，

发情的羊爬墙不止，

"咩咩"叫唤不休，

那是该去集市配种了；

东家儿西家女开始找对象，

对方买的花裤子花袜子，

大闺女小媳妇的美谈趣事，

不胫而走，

人聚人散日复一日。

扛着草苫子草席，

到四周无遮挡的打麦场上，

随便铺到纳凉的人群中，

为避酷暑自我安慰，

口中吆喝着"呜呜风来了"，

真的一阵风吹过，

便美美地进入梦乡。

八角扇成了驱热降温的好帮手，

偶尔有甜瓜西瓜降温解渴

便是惬意之至了。

当春暖花开之时，

拉土和泥，

用泥叉子跺泥墙盖屋，

把席夹子挂在屋梁上，

接住燕子粪，

蝈蝈开始鸣唱，

新麦子的麦香总是提前入了口。

煎饼卷大葱、炒地瓜，

鸡只有亲戚光临才能宰，

招待客人后，

吃剩的鸡汤是渴望已久的美食。

跑上几里路洗个热水澡。

这些，已是最美的记忆，

三转一响和咔嚓，

美醉了多少少男少女，

那盘根错节的乡愁，

总是被时时记起，

磨亮的油碾子泛着青光，

迎来了成群贪玩孙子辈们的欢笑。

再回首，

老家西南石井台上，

留下光亮溜滑的深深脚窝，

记载了多少弓腰探背，

向井下打水者吃力的身影，

用扁担挑上两大桶水，

蹚过泥泞的沟壑，

用泥罐挑水，

已是父辈的记忆。

队里的打面机代替了，

磨面用的石磨、碾子和对窝子，

打出白面后挑水和面，

包饺子让人感觉稀罕。

天旱时，

不同工具拉着大小不同的水桶水包抗旱，

倔强的牛拉着大轱辘木牛车，

桀骜不驯的马拉着小轱辘木马车，

灵巧的人推着独轮车，

地板车成了拉水车，

收割用的 12 马力拖拉机，

耕耙播种的 25 马力拖拉机，

耕种用的 50 马力的大拖拉机，

均成了抗旱工具，

车拉人抬肩挑，

蹚过多少沟沟河河。

用井绳从井里打水，

用绞水车吃力地绞水，

启动柴油机抽水，

浇菜种地。

每当水库露出底，

大伙都会放下农活蜂拥而至，

争抢摸鱼，

闲暇之时，

也会骑上自行车，

从清澈的泉水里摸鱼捉虾，

魂牵梦绕的故乡啊！

精神焕发的乡亲，

随着古泉变迁一齐走来，

儿时记忆早被岁月沉淀在心底，

百岁父亲精神矍铄，

父亲面对古泉的妙思奇想，

何曾不是指点迷津，

滋养父亲智慧灵感的水土，

何曾不让人心旌荡漾。

每当吃上家乡的饭菜，

喝口滋润心田的古泉水，

总会让人想起经过建设，

重新焕发青春的古泉，

富硒南山泉花岗岩亭亭玉立，

像是在呼唤泉水的涌出。

流淌二千多年的古泉，

养育了多少百岁老人。

围坐火炉吃着烤地瓜，

泉水煮烂成花的绿豆已香飘万家，

探寻着老人的健康足迹，

开发南常富硒南山泉，

百姓津津乐道的牛鼻子泉，

矗立的厂房、现代化的制水设备，

琼浆玉液惠泽八方。

"南仙公"，

"南仙玉饮"捷足先登，

　　"南常富硒南山泉"水，

　　地理标志产品享誉四方。

　　重拾健康长寿美谈，

　　　带动产业振兴，

　　　　惠及乡亲。

　　是理不清思不断的满满乡情。

　　　　　　2018 年 12 月 25 日

注：该文部分内容刊登于 2019 年 3 月 20 日，《枣
庄日报》第八版副刊。该文刊登于 2019 年第二期《运
河》杂志。

故　乡

风和日丽的日子，

走在回乡的水泥马路上，

品尝着五味俱全的乡土人情。

那条熟悉又陌生曲折回环的小路，

屋后的大水湖鸭叫声不断，

那棵让人垂涎欲滴红得发紫的桑葚，

院墙内探出头的向日葵，

让人浮想联翩的亲切小屋，

曾是安身立命的老家，

门前油滑光亮的碾子，

那喳喳不止撵之不去的榆钱树上的鸟儿。

还有春秋战国时的建阳古城，

叙说着远古动人心魄的故事，

被人称道的实现个人价值的毛遂，

孟尝君的纳士义举，

三千门客的侠肝义胆，

千年古泉富硒南山泉，

涓涓流淌在家乡的热土上，

奔流不息神秘的西沙河，

那养育褚氏人家的西南井，

教传褚氏家训的兰陵褚氏家祠，

巍然屹立连绵起伏的雄奇南山，

以及那些寓意深远的众多传说……

不知不觉中幻化出万千思绪。

泥墙茅草屋的农舍里，

溢出来的浓浓菜香，

伴随着旭日东升，

狗吠鸡叫羊咩马啸一片沸腾，

打破了村庄和原野的寂静。

从家里跑出来玩耍的孩童，

你追我赶嬉笑快乐，

昭示着新的一天的开始。

夕阳下荷锄而归的勤劳身影，

疲劳地出现村口。

二大爷三大娘压弯腰的负重，

诠释了一生的辛苦忙碌，

大哥三弟肩负起时代的脊梁，

姐妹携手劳作的健美身姿。

红盖头在敲锣打鼓的唢呐声中掀起，

独轮车吃力地前行，

美丽的新娘和红箱嫁妆，

在鞭炮声中依依不舍地，

走出父母的怀抱，

胸戴红花贺喜的人群，

无不洋溢着喜悦。

添男生女红糖茶，

喜宴余菜送往各家，

置办三转一响带咔嚓，

迅速传遍全村的欣喜，

勇立潮头参军的骄傲。

难得拿到介绍信，

走趟北京与众不同，

分地带来的安居乐业，

领到手里的收获喜悦，

多汁鲜美的瓜果梨枣，

每每萦绕在心头。

针头线脑琐事的烦恼，

柴米油盐锅碗瓢盆的艰辛，

早出晚归播种希望的疲惫，

求改变谋发展思想活跃，

英姿飒爽青年怀揣着远大理想，

勤俭持家努力改变一贫如洗，

渴望实现梦想的辛勤耕耘，

一百二十五斤的卖猪标准，

彻底摆脱贫穷的冲动，

考上大学的新闻不胫而走，

敲锣打鼓送出村口的光荣。

儿要炮女戴花绽放的春节，

油灯照亮屋角释放出无边无尽的祝福，

每每暖暖地触动心灵。

沧海桑田岁月流逝不饶人，

小伙伴们在嬉笑声中，

转眼间两鬓如霜，

儿童不相识的尴尬迷茫，

青砖红瓦取代了茅草屋，

硬化到户的村中小路，

得益于美丽乡村建设的暖心之举。

曾经自行车都很稀罕，

电动车摩托车风靡一时，

在浑然不知中被汽车替代。

西装革履遍布大街小巷，

领略着信息化的传媒之声，

田间地头机器声隆隆，

现代化生产一派繁忙景象，

昔日落后的面貌再难寻，

时代变化月异日新。

激动的眼泪朦胧了双眼，

故乡曾经的烟云，

似乎又清晰可见，

土墙茅草屋灰砖青瓦，

在模糊的视线中远去，

现在故乡的笑脸，

无不折射出劳动致富的幸福生活，

那一声声甜彻心底的问候，

不绝于耳的亲切话语，

再三祝愿叮咛，

一方有难八方支援的亲情，

童年的欢乐，

青春的无悔，

都留在乡间的足迹上。

背负着希冀重拾描绘蓝图，

心心相印中探寻发展契机，

乡愁召唤着心灵，

回馈生我养我的故乡。

无时不在坚定地践行着，

开发富硒南山泉的事业，

开创了南仙公和南仙玉饮品牌，

甜透了父老乡亲们的笑脸。

如磁铁般吸引我的故乡，

让人魂牵梦萦，

无法割舍的一草一木，

一山一水，

无不烙印在

一代人的记忆里。

生我养我的故乡啊！

依然生生不息……

2021 年 5 月 3 日

注：该文部分内容发表在 2021 年 8 月 9 日
《枣庄晚报》第七版上。

春

当鸡毛被大地回升的阳气，

突然顶飞起来，

在空中忽上忽下飘浮着时。

寂寞的屋梁上，

又开始迎来南飞的燕子，

它们返巢呢喃，

飞出飞入辛勤忙碌着。

解冻的河川，

又见小溪潺潺。

储满富硒南山泉水的水库，

鱼儿又活跃起来。

千年古泉旁，

光秃了一冬天的珍珠油杏，

又开始含苞待放，

鼓胀的花芽，

催生出一树花开，

和枝繁叶茂的碧绿。

早早吐出嫩芽的绿化树，

枝条稍稍下垂。

暖风轻拂着，

已冰融的河面，

泛着秋天火焰般的欢快。

柿子树又开始膨胀它的苞芽，

萌动着人间的火红生活。

麦苗和蔬菜迎来了返青苗壮的时节，

让人看到了丰收的希望。

古泉水旁的水曲柳，

嫩芽初放，

鸟儿轻点着古泉水面，

欢动着春天。

野火烧不尽的小草，

一遇春风吹又生。

早已吐芽的杨柳树，

下垂着柔软的枝条，

撩逗着含春的古泉水面。

春天在春耕春耙，

春播春种中走来，

又在花开花谢中走去。

稍纵即逝的短暂春天，

一年之计在于春，

一日之时在于晨，

春误一时农误一年，

盼春、想春、爱春、留春，

春短难留，

一年四季来去匆匆，

转眼又到了春天，

年华易逝，

春天如金，

抓住了春天就等于抓住了一年，

应在难得的春天里惜时如金，

抓住分分秒秒，

广种广收。

春节一过，

返城打工的人流，

挤满了高铁和客运车辆。

十五一过，

工程开工建设一派繁忙，

各种货运车辆，

跑在国道省道和高速路上，

小车穿行其中，

向着春忙一个方向。

勤劳智慧聪明的"忠信人"，

穿梭服务于社会各界，

财务审计、造价咨询、资产评估，

和招标代理业务。

"富硒南山泉人"，

把"南仙公"和"南仙玉饮"，

及时送给希望健康长寿的千家万户。

工农商学兵，

都是为了春的呼唤，

辛勤耕耘，

奋勇向前。

春寒料峭之时，

农忙就悄无声息地开始了。

高温大棚中，

早早地种下土豆，

返青的禾苗，

适时用富硒南山泉水浇灌，

以防春旱。

春雨贵似油，

更难得的是下一场春雨。

冬闲的农地种上了，

春花生、春玉米，栽上了春地瓜，

过冬的小麦又浇过一遍水，

茁壮成长的苔菜、莴苣、芫荽、

洋葱、韭菜、菠菜和蒜苗，

适时填补了，

青黄不接时的菜荒，

黄花铺地的油菜，

花期开了一茬又一茬，

富硒苹果花红一片，

嫁接成桂花用的油根子，

黄花开满枝蔓。

走在田间地头，

"轰鸣"声不断，

耕耙播种的拖拉机，

满地的耕牛。

劳作的人们沐浴在春风里，

脸上洋溢着幸福笑容，

抢播抢种，

施肥浇水，喷灌保墒，

栽树植树绿化美化，

赖以生存的家园。

春无私地绽放出美丽图画。

春雷一声响，

万物在生长。

漫步在烂漫的花海间，

呼吸着沁人心脾的花香，

享受着春天的气息。

闻着泥土的芳香，

喝口富硒南山泉水，

静看花红花艳。

花间忙碌不停的蜜蜂，

"嗡嗡"鸣唱，

在珍珠油杏的花蕊上，

飞落飞下，

授粉采蜜。

那双飞双栖的蝴蝶，

在花丛间，

翩翩起舞。

受惊的麻雀，

藏在盛开的鲜花下。

惊飞斑鸠或鹌鹑，

在你面前上下翻飞，

"布谷布谷"叫着的布谷鸟，

唯恐让人不知道它的存在。

微风轻拂，

春风荡漾，

花的海洋总会让人，

浮想联翩，

陶醉其中，

流连忘返。

春潮滚滚，

春意盎然，

绿了秀美河山。

熟透的珍珠油杏，

黄了又黄；

羞红脸的樱桃，

尚挂在枝梢；

幼果累累的核桃，

挂满树枝。

麦收的欢喜挂在脸上，

红脸的油菜粒子还没入仓，

丰收的蚕豆尚留余香，

扁球形的扁豆还没入口，

圆球形的豌豆正在破荚收仓，

蒜薹尚未提完，

菜种子收存尚未进仓，

早春上市的甜瓜西瓜，

香满田间。

春带着，

成功的姿态，

牵着春暖花开的手，

含笑着，

毫无遗憾地，

走进火热的夏天；

殷勤地催促着，

青春焕发的夏姑娘，

抢收抢种，

"虎口"夺粮，

向人间贡献着，

温暖与希望，

诠释着人间春光灿烂，

生活富足美满。

促使"忠信人"，

和"富硒南山泉人"，

永葆发展事业的美好春天。

2019 年 3 月 1 日

夏

当大雨滂沱倾盆而下，

夏天就轰轰烈烈地到来了。

在春的花团锦簇中，

已披绿的大地，

万物开始快速生长，

富硒南山泉旁的苹果，

已挂满树枝头。

转眼间就到了六月天。

天气闷热，

但说变就变，

瞬间雷声"隆隆"，

闪电不断风雨交加。

天晴了，

阵雨过后清凉许多。

不一会热浪又席卷而来，

骄阳似火，

屋内屋外一样高温，

憋闷难耐，

酷热如同蒸笼一般。

大汗淋漓。

富硒南山泉生态园内，

也和外界一样热时，

那就是该降温防暑了。

为避酷暑，

门口的水塘，

成了避暑的天堂。

一到三伏天晚上，

不分男女老幼，

还没来得及吃晚饭，

就急忙冲向水里，

一泡一个晚上。

回到家冲个凉，

成了每天必不可少的美事。

一到中午，

坐到树荫下纳凉打盹，

或在门口的过洞阴凉处，

铺上凉席子，

美美地睡上一觉。

没有一丝风的干热天气，

总使人手不能离扇。

在似火的田间，

遮阳的席夹子遮挡不住，

阳光的强烈照射，

脸也会被晒得黝黑，

裸露外面的白嫩皮肤，

被太阳毫不留情地晒掉一层皮。

汗流如雨，

炎热难耐，

为缓解暑热，

要么就停下，

夏耘翻秧抗旱浇水的农活，

急急忙忙用手代替扇子连扇两下，

微微扇去暑热，

稍息片刻后，

又继续卖力干起来，

嘴里哼着流行的曲子，

歌声回荡在田野上空，

要么就急忙跑到沟河里，

跳到水里，

痛痛快快地畅游一番，

尽情享受着水带来的舒适。

要么一看四周无人，

就急速地脱掉长裤短褂，

迅猛地锄着地。

田地里留下的脚印，

全成了汗窝。

实在渴急了，

就跑到古建阳城的西护河里，

喝口甜滋滋的南常富硒南山泉水，

来解渴去暑。

或跑到瓜地里，

贪婪地吃喷香的甜瓜。

口中不停地呼唤着："呼呼风来"。

还没等到风来，

就又急急地跑到树荫下，

去休息躲暑。

田间地头，

无处不是锄禾日当午，

汗滴禾下土的勤劳身姿。

连绵的大雨过后万物清新，

富硒南山泉生态园中，

处处可见，

挥汗如雨的富硒南山泉人劳作的身影。

酷热难耐的夏夜，

洁净明亮的办公室里，

制水设备飞速运转的富硒水厂里，

空调正吹着冷风，

工作环境凉爽。

繁闹的都市里，

小汽车穿行其中，

车内空调冷吹，

更显得夏时繁忙。

坐在飞奔的高铁上，坐在飞机里，

如同秋天一样凉爽。

炎热的天气，

早被风驰电掣的速度，

抛到充满期盼的日新月异里。

初夏时早早种下的，

农作物、蔬菜和瓜果长势旺盛，

昭示着沉甸甸的希望。

被骄阳晒得低垂着叶子的禾苗，

正等待着暴风骤雨的洗礼，

庄稼在这一时期迅速成长。

碧绿成林的富硒苹果，

果实压弯了枝条，

它们呼吸着炽热的空气，

催生凉风习习。

挂满枝头的果实，

一天天长大。

富硒葡萄长势喜人。

浇水施肥修枝剪杈，

嫁接桂花用的油根子疯长。

金黄色的三吉梨偷偷挂满枝头，

笑红了脸的山楂，

喜盈盈地挂满树。

滚圆的核桃压弯枝条，

无花果果实累累，

火红的柿子搀扶着红叶石楠，

召唤着人间生活灿烂。

古泉水池中，

水草丰美，

告诉世人水质已净化。

热气蒸腾的酷夏，

使植物快速生长，

气温越高，

农作物越生长迅速，

水肥充足养分旺，

枝繁叶茂茁壮成长。

遍地花果满园，

使得大地生机勃勃。

山涧河川生机盎然，

人们收获着美好希望。

在这梦想的季节里，

辛勤的燕子，

正超低空飞翔，

昭示着大雨不久就要到来；

采蜜的蜜蜂藏在皂角树丛花间，

飞落在挂满枝头的幼果上；

红蜻蜓成群结队，

在空中时飞时停，

它们不时轻点，

富硒南山泉水库的水面，

水中的鱼儿浮在水面游得正欢；

翩翩起舞的蝴蝶，

好像忘记了暑热，

在生态采摘园的富硒蔬菜的花蕊上，

飞来飞去；

善于偷食的鸟儿被热得，

懒得飞动和鸣叫，

钻进美国红枫树林中避热去了；

引得凤凰来的梧桐树，

亭亭如伞盖；

美丽的凤凰，

也被热得躲在开得正艳的紫色喇叭花后；

平时乱飞的蚂蚱，

也隐藏在草丛中，

跷翅散热；

闹人的青蛙总是"呱呱"叫唤不休，

不知疲倦的蝉，

叫着"热热热";

苍蝇蚊子到处乱飞,

烦人之极;

正午蟋蟀的鸣叫,

更显得夏天宁静和燥热。

被热得伸长舌头的狗儿,

伸长舌头呼喘着,

几乎忘记了看家护院,

躺在树下凉快。

突然跑出来的野兔,

惊飞的野鸡,

时常打断午休梦境。

蝶飞蜂喧,

百鸟闹夏,

以使得浓墨重彩的人间,

更加热闹非凡。

热火朝天的长夏,

总是让人充满憧憬、遐想与期待。

夏季里,

何曾不让人,

放飞梦想,

在期许中充满希望,

期待收获，

憧憬未来。

勤劳与奋斗，

创造美好奠基富饶。

忠信人在炎热的夏天里，

总会繁忙地，

服务市场需要：

财务审计、工程造价咨询、

资产评估和招标代理业务。

将滋润心田的富硒南山泉水，

及时送到千家万户。

喝口甘甜的古泉水，

美美地度过熬人的盛夏。

光阴似箭，

催人奋进，

时不我待。

丰收的甜瓜西瓜仍香味满园，

雷声闪电包裹着雨水，

急速地冲走滔天热浪；

夏日的速生速长还没停止，

立秋的时钟正等着敲响；

青春焕发的夏天，

拥抱着喧闹，

执着对梦的热恋；

紧紧抓住秋收厚实的手，

把火热的青春年华，

无私献给丰收的娇子，

悄无声息地，

融入五谷飘香的芬芳中，

呈现在粮满囤谷满仓里；

五谷丰登，

铸就人间的红火生活，

诠释着"忠信人"和"富硒南山泉人"，

快速成长的骄人业绩。

盛夏如梭。

热情奔放的夏天，

红红火火地走进，

万里飘香的秋季。

2019 年 3 月 20 日

秋

小时候问父母，

秋在哪里？

父母说在你吃饭的碗里。

上学时问老师，

秋在哪里？

老师说在你的成绩单里。

长大后问农民兄弟，

秋在哪里？

农民兄弟说：

每当空气中香飘万里，

秋就会悄悄来临；

带着丰收的馨香，

携着泥土的芳香，

溢出醉人的谷香，

遍地都是金黄色的果实。

丰收了，

农民兄弟笑了。

于是，

到有秋的地方找秋，

期盼着秋的光临，

在百般等待中，

带着滚圆的绿豆，

接住黄金般的黄豆，

抱着生活节节高的芝麻，

提着蜜甜的地瓜，

手捧着笑红脸的高粱，

怀抱着三兄四弟的花生，

铺满地的黄澄澄的玉米。

踩到玉米上摔倒的儿童，

手里仍举着金黄色的玉米，

屁股沾满了玉米粒，

小伙伴们笑翻在地。

找阅历丰富的老人去问，

秋在哪里？

春天盼夏天，

夏天又盼秋天，

秋终于在盼望中走来，

然后，秋天又在大丰收中离开。

一年四季来去匆匆，

好像还没来得及打声招呼，

秋就一声不响地走了。

找秋的使者去问，

秋在哪里?

留下堆积如山的收获,

让灿烂的笑容,

填满沧桑岁月留下的满脸沟壑,

满足了城里人的渴望,

丰富了人间的美好生活,

孕育着来年的丰收希望。

把富硒南山泉的古泉甘甜,

融化在五谷的芬芳中,

"忠信人"做大求强的理念中,

走向再获硕果的希望里,

存在五谷飘香的季节里。

找来找去,

怎么也没有找到,

秋的美丽容颜,

到天地间找秋吧!

人们盼秋、望秋、念秋,

秋高气爽,

又是一个万里飘香的季节,

收获的不只是,

让人心醉的希望……

2019 年 1 月 23 日

冬

当冰封大地的时候，

冬就来临了。

裹着呼啸的寒风，

夹着纷飞的雪花，

"富硒南山泉"旁的，

树梢上吹着呼啸的风哨，

屋顶上刮着怒吼的北风，

吹着冷风，

打着寒噤；

凛冽的风，

吹得落叶上下翻飞；

皑皑白雪，

玉树琼枝分外妖娆，

山河银装素裹；

天寒地冻，

秋收冬藏。

没有取暖设备的日子里，

屋里屋外一样冷，

屋顶上的积雪铺了一层又一层，

冬衣加了一件又一件，

人人捂得严严实实；

鼻孔中喷着雾气，

嘴里哈着蒸汽；

扑面而来的冷风，

吹到脸上，

如刀割一般。

贪玩的儿童，

脸上被冻得青一块紫一块；

体弱多病的老人，

总是很难熬过滴水成冰的冬天。

站在雪地上的鸡被冻得，

把一只脚藏在羽毛里取暖，

饲养的家禽，

被关进圈栏以避风寒；

挤在一起取暖的牛羊，

总是挤了又挤靠了又靠；

偶尔飞出来觅食，

飞落在"富硒南山泉亭"上的鸟儿，

扇动的翅膀拍落了亭上的积雪，

落下一道雪幔。

然后，展翅飞过古泉，

冲向燕柳树上的鸟巢，

钻进去取暖去了；

欢跳的狗儿，

也被冻得忘记了吠叫……

世界清冷一片。

高速路偶尔的封路，

成了雪天路滑的象征；

融雪的轨道，

挡不住高铁的飞奔；

隆隆的施工声，

往往伴有"防冻液"的身影。

为杀灭虫害冻土添肥，

没有播种的冬闲农地，

总是被深翻晾墒，

为来年的增收打基础。

任凭风霜严寒，

"富硒南山泉"旁，

披着霜雪的蜡梅，

亭亭玉立，

同古泉水相映生辉，

更显得千年古泉水温暖宜人。

冰冻的路面很滑，

一个趔趄摔倒，

摔个得仰面朝天；

结冰的河面上，

滑倒了冒险的年轻人，

笑煞了看热闹的人；

因冰雪路滑，

如把不住汽车方向，

一不小心就会撞毁了心爱的汽车；

铲雪车，

清扫路上的厚厚冰雪，

条条交通要道，

露出了湿润的路面；

麦子盖上了舒适的棉被，

唱着瑞雪兆丰年的歌。

取暖炉升起袅袅青烟，

用空调取暖，

集中供热取暖。

防冻抗冻，

取暖避寒，

方法多样。

室内暖暖的，

坐在温暖如春的办公室里，

喝着富硒南山泉水

通过现代化办公网络，

及时完成工作任务。

工作生活如此美好！

围坐火炉旁看冰雪融化，

河里的鸭子开始游戏，

古泉水面荡起涟漪。

融化的积雪，

从房檐上滴落下来；

解冻的河川，

开始孕育着春的气息；

路上的行人，

时不时脱下厚厚的棉衣；

树芽开始鼓胀；

深翻的土地，

被冻了一个冬天，

成了粉状，

杀菌增肥成了良田。

大街小巷又开始喧闹起来，

"忠信人"和"富硒南山泉人"，

也开始了辛勤的劳作。

冬，悄无声息地走了。

2019 年 2 月 15 日

富硒南山泉新貌

流了两千余年的牛鼻子泉，

旧貌换新颜，

亭亭玉立的富硒南山泉花岗岩亭，

高高矗立在古泉上面，

栩栩如生的花岗岩牛头，

被稳稳地安装在泉头之上。

叮咚叮咚响的泉水，

在千呼万唤的期盼中，

以新的姿态，

又开始流出琼浆玉液。

泉轻弹着悦人的音符，

从牛头的鼻孔里流出，

泉水晶莹剔透，

流入氤氲的水池中。

灵动的千年古泉啊！

在魂牵梦绕中走来，

在翘首以待中掀开面纱，

在相思相盼中敞开博爱的胸怀；

叙说着千年的召唤，

哺育着古老的黄土地，

孕育着千年梦想，

带着千年的期待，

携手同行。

承载着亘古不变的深情，

怀着千年的眷恋，

撰写着延年益寿的诗篇，

走进千家万户，

滋润着甜蜜的生活。

古泉，

掌上明珠，

祖传之宝，

令人怦然心动，

让人热恋，

甘愿相依相随，

形影不离。

古泉苏醒，

负载着开发建设者的妙思奇想，

牵动着无数人的心。

从此，

"南仙公""南仙玉饮"，

悄无声息地走进越来越多人的心里。

借问神奇的古泉水何处有？

南仙公老寿星笑嘻嘻地遥指，

南常富硒南山泉；

百姓津津乐道的牛鼻子泉，

天然弱碱，

养生助康健，

"硒"有难求。

大家争相品饮，

相互传颂。

泉水，融入人们的生活，

滋润着美好的日子，

让生活更加甜美。

2017 年 11 月 6 日

倾　诉

一厢情埋藏多少年，

可把心与情交融，

诉说曾经的心动，

把你的情装在记忆里。

一厢情将在这里永恒，

灯火阑珊处是情的交融，

不眠的夜里是谁的孤单身影，

寻找的爱将在这里一眠不醒。

一厢情铸就一往情深，

静静的夜被你的柔声吵醒，

难耐的心被歌声抚平，

激荡之情归于平静。

一厢情心难平，

两情相知情融融，

激情长夜情意浓，

珍惜相识记心间。

我不问你长夜眠不眠，

灯红酒绿你为何恋，

不要忘记心潮涌，

橘黄灯下你情义浓。

将在爱河的港湾停靠，

倍感相识相知的温暖，

情深深意浓浓。

2004 年 8 月 18 日早

累了就回老家南常吧

如果你累了，

就回老家南常吧！

山东枣庄，

薛城区沙沟镇，

有一个村庄叫南常，

这里山清水秀，

花果飘香，

物华天宝，

人杰地灵。

如果你累了，

就回老家南常吧。

漫步在富硒南山泉生态园内，

享受着天然、生态、绿色的气息，

悠闲地品尝着"南仙公"、

"南仙玉饮"富硒南山泉水，

吃口回味无穷的富硒蔬菜，

采摘富硒葡萄、苹果和珍珠油杏，

聆听着古泉的动人传说。

白天侍弄一下四季温暖的大棚，

香满四溢的菜园，

闲来修剪一下果树枝，

呼吸着沁人心脾的芳香；

逗逗小狗，

听听蝉鸣，

晚上到邻居家喝喝茶聊聊天，

回味着儿时的记忆；

惊叹着家乡日新月异的变化，

叙说着村里的鲜活故事；

每逢农历的二、五、七、十，

就一起到南常赶集吧！

买点新鲜的蔬菜和瓜果，

丰富着红红火火的生活。

如果你累了，

就回老家南常吧，

京沪高铁、京台高速、郯薛公路、

高标准的乡村道路穿境而过。

南常村人口多达一万，

这里有富硒南山泉，

百姓乐道的牛鼻子泉，

这里有建阳古城遗址，

这里有南常古城的西护城河，

这里有战国时期的点将台，

这里有西汉时期的油碾子，

这里有明朝时期的褚氏家祠，

这里有明朝时期的插旗杆座；

这里有开智启蒙的南常小学，

这里有我们的温馨小屋，

有我们的知己发小。

如果你累了，

就回老家南常吧，

一起踏青，

一起到富硒南山泉水库休闲钓鱼，

一起到富硒南山泉生态园里采摘，

一起喝酒，

一起叙旧，

一起谈笑人生，

一起追忆南常古村的过往，

回味快乐的地久天长。

如果你累了，

就回老家南常吧，

游览秀美山川，

喜看养生百岁寿长，

这里有长寿健康的源泉，

寿比南山。

看看古泉古城古河古村，

这里历史悠久，

文化底蕴深厚，

人们善良、勤劳、宽厚、智慧勇敢。

如果有一天你真的累了，

就带着憧憬、期待和梦想，

回老家南常吧！

甘甜的富硒南山泉水，

会使你的身心得到极好的滋养。

2016 年 8 月 13 日

童　年

每当记忆走进那间，

母亲挑灯缝补衣裳的茅屋中时，

夜幕下，

总会深情地望向遥远的星空，

天上有数都数不清楚的神秘星星，

挂在深邃夜空中的月亮上，

怎不见玉兔？

在那银色月光里，

幻想着美丽传说中的，

七仙女飘然而下，

在那湖光月色的琼浆玉液中嬉戏。

七月七，

为什么不见牛郎织女，

鹊桥相会？

星空下童年的玩伴，

做斗拐游戏，

斗败了多少嬉闹的伙伴；

丢手绢，

抓到了多少个反应迟钝的小童；

围着油碾子，捉了多少迷藏。

酷暑炎热的天气，

放下书包，

在门口的水塘里扎下数不清的猛子，

跳水的扑通之声，

盖过鸭鹅被激怒的叫声。

当屋后那棵桑树上，

桑葚红得发紫的时候，

小伙伴们就会聚到桑树下，

齐声向树上吆喝，

赶走那成群的鸟儿。

爬到树上，

将桑葚扔给树下的小伙伴，

大家争抢着、欢笑着。

痛快地吃着桑葚，

小手被染成了紫色。

大人絮叨着外面的新鲜事，

父母口中的长兄的业绩，

心中渴望着自己尽快长大，

去见外面的世界。

梦想着自己会长成一棵参天大树，

为父母分忧，

为兄弟姐妹尽力；

为羊、鸡、猪储存更多草料，

让它们吃得又肥又壮，

让鸡下更多的蛋，

拿到集市去卖更多钱贴补家用，

…………

在无钟表的月夜里，

父亲一声"孩子们"呢？

那个茅屋的家里，

就会同月光一起，

传来母亲叫回家的喊声。

弟弟妹妹们，

在姐姐们的催促下，

恋恋不舍地结束玩耍。

回到家中，

坐在煤油灯下看书学习。

两个鼻孔被熏得黝黑。

狗吠声显得很远，

想象着狗声传到的地方，

星星会更亮，月亮会更圆。

小狗随意的叫声，

被母亲当作开始做饭的时钟。

在向往美好生活的梦中，

时常被父母的叉把、扫帚、铁锨叫醒，

时常被兄弟姐妹忙碌的脚步声催醒，

时常被小伙们的读书声吵醒……

2018 年 8 月 5 日

注：该文部分内容刊登于 2018 年 10 月 16 日的《枣庄日报》第七版副刊上。

澳大利亚昆士兰州
凯恩斯绿岛诺曼外堡礁之旅

艳阳高照，

蔚蓝色的太平洋上，

从远处望去，

像一顶带着白边的贵族帽，

那就是海上明珠"绿岛大堡礁"。

从凯恩斯码头，

搭乘冒险号豪华游船，

一路风平浪静，

骄阳下的洋面波光闪耀，

被游船划出一道翻滚的浪花，

45 分钟后抵达目的地。

漫步雨林中，

惊奇地发现珊瑚礁和热带雨林共存，

海鸥栖息在浮桥的柱子上，

欢快地鸣唱着，

给广阔茫茫的大洋增添了无限生机。

浪花轻拍岸。

一浪追逐一浪，

不时擦去白色沙滩上留下的足迹，

注协一行十八人，

在韩群会长的带领下，

愉快地游览了此地风景。

站在浮桥上，

水清澈见底，

多彩缤纷的热带小鱼，

一群接着一群游动。

青蓝之水，

让人有饮水之想、畅游之念。

漫步在水底珊瑚花园之中，

带着依恋，

再乘游船前往"诺曼外堡礁"。

在一望无际的太平洋上，

远远望去，

洋面是圆形球面，

青蓝之水波光闪动，

犹如凸面镜，

观光游船打破太平洋上的寂静。

50 分钟后，

到达那世界七大自然奇观之一，

蓝色之洋中最漂亮的"大堡礁"。

这里礁群连绵不断，

犹如海底森林，

面积广阔层次分明，

多姿多彩色彩斑斓。

各种热带七彩小鱼畅游其中，

与各种海洋生物形成一条完整的生物链，

令人大开眼界。

洋面上的飞机平台上，

停着小飞机，

三层高的船形观景平台上，

设有日光浴、自助餐与吸烟区，

是绝佳的观景台。

不识水性的游客，

可以乘坐水晶广体半潜艇，

潜入到海底，

一览神秘的海底世界，

近距离观赏珍奇的珊瑚与热带鱼群。

带上浮潜用具，

飘浮海面毫发不湿，

畅游在奇特的珊瑚丛间，

成群的珊瑚礁宛如座座坚固的岛屿，

隐藏在深不可测的水底世界里，

让人目不暇接。

置身辽阔的大海，

茫茫太平洋，

在不知不觉中心胸为之开阔，

当夕阳的余晖洒满天际，

回船桨声已经响起，

意犹未尽，

只好带着览胜的欢快，

和拍摄下的瞬间，

恋恋不舍地乘船返程。

于凯恩斯 2018 年 11 月 8 日

回　望

每年春暖花开，

富硒南山泉旁，

那棵百年沧桑的老燕柳树，

倒映在泉水里。

树上的鸟巢，

不时传来，

雏鸟咿呀的欢语之声。

空中时时掠过，

呵护喂养幼鸟的，

忙碌身影。

欢闹的小鸟，

翅膀长成后，

就会站在窝边上嬉戏，

或冲到山泉旁饮水，

飞翔着绕树三匝，

"喳喳"鸣叫着，

该不是因离开温馨家园而难过吧！

来年，

那棵山泉旁树上的鸟窝，

鸟儿又停在上面，

它回首注目，

飞绕了三圈，

恋恋不舍地飞走了，

然后，振翅高飞，

冲向天空，

去搏击充满希望的未来。

在泉水中留下，

那轻捷的身影。

再后来，

因对南山泉水的相思，

倒映在古泉水中的燕柳树上，

又有鸟儿来筑巢栖息，

泉水叮咚，

鸟儿鸣唱……

2019 年 1 月 9 日晨

为什么开发富硒南山泉

斗转星移日月如梭，

转眼间年过半百，

两鬓如霜头发斑白，

岁月的皱纹悄悄爬满脸，

沟壑纵横，

眼袋下垂，

鱼尾纹深深地爬满眼角，

眉须泛白。

手背布满老年斑，

伸开手褶皱连连，

松弛的皮肤，

一拽就很长；

身上皮多肉少，

皮肤松弛下垂包裹着骨头，

粗糙的皮肤像鱼鳞，

肤色黝黑黯淡无光，

手脚缩小个头变矮，

一幅老年像。

在繁忙的工作中，

经常居所不定，

吃各地的饭喝百家水，

不知不觉已年老体衰，

甚至比父亲衰老得还早。

有一次回南常老家，

恰好遇到本族孙子褚福才，

给父亲去拉水。

这时才发现，

本家本族，

八九十岁的老人，

头不白齿不缺。

问来问去，

原来他们常年吃西南井里的水。

老家西南井水被污染后，

井的周围打满了水井，

都想找到那个水脉。

井里的水没有水垢，

味道甘美。

从旁边打的井水，

却都是又苦又咸，

喝久了这种水，

头白齿缺，

生各种疾病。

但仍有很多人吃这种水。

知悉西南井水被污染，

就问"富硒南山泉"在哪？

"牛鼻泉"在哪？

褚福才二话没说，

就带我实地去考察。

朝老家东北方向，

驱车四五里路，

到南山脚下，

一股清泉静静地流着，

直流到山下的水库中，

在荒山野沟中，

不为人知。

曾经，

这泉比老家西南井的水更知名，

当地一直流传着喝此泉水，

祛百病，延年益寿。

因没合理开发利用，

还在那里沉睡。

经化验，

水中含有硒、锶、锂、锌、钙等，

多种对人体极好的稀有元素，

但出水量较小，

不具备开发的价值。

如何解决出水量，

在花岗岩石地质的条件下，

成了大难题。

功夫不负有心人，

在水利专家和本村能人的帮助下，

在父亲的指引下，

终于在花岗岩石的泉头上

开钻打出了泉水，

古泉，焕发出新的生机。

自 2014 年，

我就开始喝这里的泉水，

身体明显改善，

精力充沛，

真是名不虚传。

于是身体力行，

加以推广，

让更多的人受益。

吃水不忘挖井人，

感谢那些竭尽全力支持的，

亲朋好友、党政各界的领导，

正是大家的帮助，

才点亮了吃健康水的灯塔。

2019 年 1 月 16 日

富硒南山泉生态园的
葡萄熟了

每年深秋，

富硒南山泉生态园的葡萄就熟了，

一串一串，

挂满枝蔓。

当你走进六千平方米的大棚，

放眼望去，

满目都是 5 号英明葡萄，

有的翠绿色，

有的金黄色，

有的紫色，

有的青色，

有的水晶色。

有的红得发紫，

如同黑美人，

空气中弥漫着葡萄的香味，

让人禁不住要去品尝。

当你摘下一颗葡萄，

放在口中时，

你会发现富硒葡萄的独特：

酸甜可口，唇齿生香，

从未吃过的滋味，

让人回味无穷，

欲罢不能。

富硒葡萄绿色有机，

在无污染的自然环境下生长，

富硒南山泉水浇灌，

加上辛勤精细的管理，

使葡萄具有独特的色泽和口感。

受蜜蜂和蝴蝶青睐，

它们在葡萄藤间飞来飞去，

鸟儿也来偷吃，

赶都赶不走。

很多慕名而来，

成群结队的采摘者，

络绎不绝，

采葡萄于南山之下，

悠然见云逐于蓝天。

2019 年 1 月 19 日

富硒南山泉生态园的
蔬菜上市了

绿油油的蔬菜，

又到了丰收上市的时节，

富硒南山泉生态园的蔬菜，

绿色无公害，

收了一茬又一茬，

进入了普通人家。

使用兔粪施肥，

遵循自然规律，

按节气种植，

科学管护，定期除草，

用山泉水适时浇水。

蔬菜长出嫩芽，

一天一天长大，

引来无数蜂蝶，

前来采蜜授粉。

这里的蔬菜，

与众不同，

长势极好，

口感独特，

让人回味无穷。

用生态园的蔬菜做出的美味佳肴，

吃起来非常香甜，

越吃越好吃。

好菜品成就了菜香，

独有的风味，

让人找到了"味正"的感觉。

需求者纷至沓来。

富硒南山泉生态园的，

瓜果、蔬菜和粮食，

不可多得，

是天然的养生食材，

为健康保驾护航。

2019 年 1 月 20 日

富硒南山泉生态园的富硒苹果红了

甜脆汁水丰富，

这就是南山泉生态园的富硒苹果。

每年的七月到年底，

是富硒苹果成熟上市的季节，

也是采摘苹果最繁忙的日子。

那些蜂拥而至的采摘人，

像蜜蜂一样辛勤地采摘着。

红红的苹果，

压弯枝头；

金黄的苹果又大又圆，

挂满枝头。

硕果累累，

令人心醉。

沁人心脾的果香弥漫在园中，

让人沉醉。

一不小心，

惊走了啄食的鸟儿，

吓飞蝴蝶。

悄悄走到树下，

摘下味美多汁的苹果，

咬上一大口，

口味独特，

唇齿生香。

用富硒南山泉水，

浇灌的富硒苹果，

是人们需求的珍贵果品，

天然绿色，生态有机，

引来众多青睐的目光，

纷纷前来采摘、游玩，

生态园成了乐园。

在这里，望秋、踏秋、探秋，

一睹秋收之容颜。

2019 年 1 月 20 日

山 花

她随着春风荡漾，

开满山涧，

掩映在绿叶中，

含笑在初春的拥抱里，

绽放在无边的思绪里，

藏在驿动的心海里，

生在甜蜜的心头，

依恋在田埂上，

渗入泥土的芳菲中，

沾在胭脂红的唇边。

她在情窦初开中飘然而来，

在热恋中开得满山遍野，

在相思相盼中约定，

在心动中绽放希望，

在梦里缠绵，

在急风暴雨中展现傲骨，

在甜言蜜语中永恒，

在花红粉黛里坠入爱河。

她在期望中风姿绰约，

在春风送暖中追梦，

在深切的相思中相聚，

在纷纷扰扰中开得正艳，

在擦出的火花中燃烧。

花波连绵，

叩响多愁善感的眷恋，

孕育着累累硕果。

那挥之不去的眼神，

撬开久封的心扉；

那些心动和雨云相逐，

那些喜悦，

秀出万般的姿态。

2019 年 6 月 28 日

注：该文部分内容刊登于 2019 年 7 月 18 日
《枣庄日报》第七版副刊上。

衣学武挂职小营村第一书记

衣学武到沙沟镇小营村挂第一书记，

刘亚波到同镇的大沃村挂第一书记的消息，

不胫而走，

同学们很快就知道了。

同学曹昭普书记提议，

我发起行动，

张涛联系组织，

一起看望同学衣学武。

我们同学一行十余人，

开车到了小营村，

方知这里有元朝时期的点将台。

衣学武挂第一书记已满月，

从走马上任就马不停蹄地履职尽责，

绿化村里的广场，

组织修路垫路基。

村里村外，

欣欣向荣，

预示着小营村在第一书记的带领下，

将有更大的改变，

定然会旧貌换新颜。

到了村委会，

看村务公开，

基层政权在加强。

这里历史悠久，

文化底蕴深厚，

同学们献计献策，

小营村没有大收入，

村民收入靠农业，

养殖业副业规模小，

家庭收入来源少，

年轻人大都出去打工，

剩下中老年人和儿童。

小营村古名杨庄，

建于元朝之前，

元朝将军驻军周营，

并在此村驻有部分军队，

故更名为小营，

并辖三清观村。

两村合并后，

村的管辖面积增大，

人口增加，

发展难度也增加，

村级发展成了大问题。

要想增加农民收入，

要结合当地的实际情况，

制定相应的发展规划，

围绕农业生产做好大文章。

结合当地的农作物的种植情况，

上项目增加农业的附加值，

或寻找其他增收项目，

发展村级经济，

让小营村彻底摆脱贫困，

希望小营村同其他村庄一样，

进行美丽乡村建设，

走上致富的康庄大道。

怀着憧憬和祝愿，

深入了解村情之后，

大家纷纷表示：

有力的出力，

有钱的出钱，

能支持的支持，

能关照的关照，

招商引资，

各显神通。

2019 年 7 月 12 日

注册会计师之歌

当晨曦从东方显露出一缕光，

那矫健的身姿，

就早早地出现在地平线上，

秉承着客观公正、实事求是的原则，

踏上维护公共利益的征程，

坚守诚信，

心如磐石。

不论身在何处，

审计的利剑始终指向财务违规，

对上市公司的审计始终箭在弦上，

对改制企业的审计之剑直指其财务的腹部；

对会计报表审计发表结论性的意见，

对国有企业的审计关注其保值增值，

对事业单位的审计把控资产的流失，

各种目的下的专项审计，

都细致地展示在阳光之下。

从会计凭证上、账簿上，

找到审计监督的重点，

鉴定出经济案件纠纷的结点，

为法官履行公平正义的审判，

为破产企业提供清算的支点，

为股权转让者提供转让的权属价值，

为绩效评价者提供考核业绩的长短，

为清产核资者摸清家底，

为财务审计需求者出具结论性意见，

为履职离任者划清在任期间的责权清单，

为分红者提供明白的账目，

为股东提供负债和权益的真颜。

各种各样的审计，

满足各种依据性的财务信息需求。

为做好经济领域的各种审计，

披星戴月、加班加点已是家常便饭。

审计工作中，

急客户之所急，

积极履行职责，

肩负重任，

砥砺前行，

防范违法违规的事发生，

忠于职守，

毫不懈怠。

飞机上、高铁里、汽车上，

总能见到奔赴各地忙碌的身影，

一年三百六十五天，

天天东奔西走。

他们是经济卫士，

是数字王国里的秩序捍卫者。

哪里有求是天平，

哪里就有注册会计师的身影。

注册会计师，

使数字领域成为一片净土。

审计报告，

精心撰写，

这是他们的作品，

为使用者提供依据，

为解决纠纷提供证据，

为经济领域的健康发展辛勤耕耘，

在经济行为中，

为社会公众提供具有法律责任的意见。

为了完成审计使命，

一身正气，

穿梭于经济组织之间，

履行经济监督职责，

厘清数据，

被誉为维护经济秩序的"经济警察"。

在经济大潮之中，

担负起查错防弊的职责；

在政府审计中，

在内部审计中，

在企业审计中，

处处彰显审计者的智慧。

为维护国家、集体和个人利益，

为了公正客观，

关键时刻，

注册会计师就会挺身而出；

充分发挥审计的职能，

为经济健康运行保好驾护好航，

不忘初心，

牢记使命与担当，

挥洒青春与热血，

勇往直前，

履职尽责，

献身在审计第一线，

为社会经济的发展添砖加瓦，

为注册会计师行业的快速发展出力流汗，

竭尽全力，

使经济之航船破浪前行……

2019 年 9 月 24 日

注：该文刊登于 2019 年 12 月第四期（总第 4 期），

《山东注册会计师 资产评估师》杂志，第 45-46 页。

注册造价工程师赞歌

在繁闹的都市里，

坐在明亮洁净的办公室内，

心明如镜，

面对着热闹非凡的灯红酒绿，

耐住寂寞，

头脑里都是工程造价预决算、图纸、变更……

桌面上铺着图纸，

眼前打开的是工程造价结算书，

手在不停地写着，

凝神贯注，

不时查阅着工程定额和法规标准，

紧盯着图纸，

用比例尺丈量着，

加加减减计算着审计着的，

是所代表的第三方。

从工程量的计算、清单计价，

到执行定额、材料价格等等，

客观公正、实事求是，

电脑屏上滚动着的上亿次的计算，

全都掷地有声，

审计不合规的方方面面，

三方会签的定案表上，

留下的全是智慧，

审增金额和审减金额体现着公平与求是，

净审减金额展现了工程审计的权威誓言。

出具的工程造价咨询报告，

是业主与施工方最终结算的依据，

也是工程造价审计履职尽责，

独立公正执法合规的最好诠释。

工程造价招标控制价的编制与审核，

工程造价的全过程跟踪审计，

PPP 项目跟踪与结算审计，

政府投资的财政评审，

工程造价纠纷鉴定，

从整体工程到单项、单体工程，

从高楼大厦到道路桥涵，

从市政工程到绿化工程，

从土建工程到强弱电给排水安装工程等，

算价定价，

深入现场勘察核实，

每项工程造价的蓝图上，

都深深留下，

注册造价工程师的辛勤汗水和聪明才智。

林立的雄伟建筑，

不光是建筑师的建筑艺术的体现，

也是注册造价工程师数字定格的堆积。

在建筑过程中，

敲定的是发展中需要遵循的数据，

表达的是审核后准确数字表达的建筑蓝图，

坚持真实、客观的审计原则，

为国家和投资方节省大量资金。

遏制高估冒算，

成为坚固的最后一道防线。

为工程造价咨询行业的发展呕心沥血，

遵守职业操守，

砥砺前行，

为维护建筑行业的健康发展，

责无旁贷。

一身正气，

切实维护好各方权益，

为促进经济的发展做出应有的贡献。

2019 年 10 月 15 日夜

注：该文刊载于"中国建设工程造价管理协会网站"，
"工程造价行业庆祝新中国成立70周年系列活动"
稿件中。

武汉不怕

武汉不怕，

突发袭来的新型冠状感染肺炎，

过年成了控制疫情的最佳时机，

为控瘟疫不得不年前封城，

战瘟神早已众志成城，

武汉是英雄的城市。

武汉不怕，

后盾有强大的国家，

党和政府号令天下，

斩魔除妖不在话下，

四面八方的救援医疗队来了，

英雄的解放军冲在了第一线，

武汉成了战魔中心。

武汉不怕，

奋战在一线的医护人员，

昼夜与疫病抗争，

科研院所争分夺秒破译基因，

寻找斩魔利剑，

药到病除，

武汉在与时间赛跑。

武汉不怕，

一千万人口的城市，

人人宅居家中，

自我隔离，

为国尽忠，

防传染奋力战疫情，

火神山和雷神山医院，

一夜建成，

钟南山、李兰娟战"疫"留名，

武汉战"疫"可控可治已经成形。

武汉不怕，

居民宅居家中，

生活照常进行，

政府保障供应，

各界爱心人士捐款捐物，

一方有难八方支援，

全力以赴打赢阻击战争。

武汉不怕，

荆楚之地，

自古英雄辈出，

何惧疫情，

智慧高超必打赢无硝烟的战争，

那些不知名的英雄奋战不停，

武汉一定能赢。

2020 年 2 月 7 日

注：该文刊登于《山东注册会计师 资产评估师》（2020 年 2 月第 1 期第 54 页）。于 2020 年 3 月 16 日被《学习强国》山东学习平台收录。刊登于《枣庄日报》2020 年 3 月 4 日第七版副刊。

审计之光

——贺济宁市审计局北湖分局成立十周年

当一颗璀璨的明星，

走进需要骄子的时代，

激情豪迈，

英姿飒爽，

做出惊天动地骄人业绩，

进发出青春靓丽之光芒，

实现非凡的价值，

收获让人羡慕的累累硕果。

把依法审计、公正客观，

牢牢写进深爱的沃土中；

四面八方的喝彩响彻云霄，

尽情抒发十年动人的情怀，

不忘初心，

牢记使命与担当，

不负韶华，

履职尽责，

助力经济健康发展，

为科技牵线搭桥。

紧跟时代步伐，

一身正气敢担当，

刚正不阿建功业，

这就是济宁市审计局北湖分局。

曾经一人一桌一间房，

看今朝办公室宽敞明亮，

队伍壮大，

开疆拓土，

十年磨一剑，

利剑常出鞘。

风华正茂的开拓者们，

正以崭新的姿态，

阔步迈进新征程，

招兵买马，谋求发展。

万事开头难，

千头万绪却催人奋进。

机构框架尚未健全，

从审人员尚未就位，

审计冲锋的号角就已吹响，

瞄准政府资金的使用情况，

确保政府资金的安全高效，

保好驾护好航；

拉弓开箭寻找看护重点，

查证是威慑的力量，

上级审计机关安排的功课尚未修完，

政府安排的临时性审计任务还没卸担，

足迹就遍布政府机关、企事业单位，

查错防弊、依法惩治，

维护着财经法规至高无上的权力，

提出的审计建议是良方益药。

各种经济行为的审计，

被火热的工作热情，

推向经济大潮之中，

工作越困难越向前。

铮铮誓言锤炼了审计队伍，

充分展示出北湖审计人的风采。

发展的脚步永不停止，

财金审计被提上日程，

企业审计一个接着一个，

村级审计回头看，

扶贫资金审计帮扶看效果，

公共投资审计借外力。

政府投资审计节省了大量财政资金，

廉租房、保障房审计安得广厦千万间，

离任审计厘清任职者的履职绩效，

审计监督得到全面发展，

加强了审计监督的履职行为。

一年一度的表彰大会，

那是审计工作的生动写照，

领导的谆谆教导仍在耳畔，

宾朋们的祝福与祝愿，

取经学习的同行络绎不绝，

参审的各路中介机构来了，

北湖审计工作者披红戴花，

沐浴在荣光之中。

这一刻激动人心，

凝聚了无数人的勤劳汗水。

先进发言者，

充分显示出榜样的磅礴力量，

促使落后者见贤思齐。

一张张聘书，

铭记着特聘知名专家的贡献，

叙说着他们是如何解决审计中的疑难杂症的。

一个个奖牌、一张张证书，

先进集体、先进个人上台领奖，

一张张笑脸，

喜悦之情溢于言表。

平时工作激情四射，

业余生活丰富多彩。

歌咏比赛、诗词朗诵会、运动会……

创卫劳动、帮村扶贫、爱心捐献……

这是一代审计人的风范；

出版的一本本审计书籍，

是北湖审计人的智慧结晶；

在报纸杂志上，

发表的一篇篇审计文章，

是北湖审计人的真知灼见；

墙上展示的格言，

是北湖审计人廉洁从审的不懈追求；

开展多种形式的学习班、培训班，

培养了合格审计人员；

委托各大名校的培训，

学员学到了审计前沿的知识；

博采众长、海纳百川，

学研结合、融会贯通，

形成"北湖模式"审计特色。

山东省审计厅将其作为典型，

在全省审计系统推行，

抓住推荐表彰的机会，

竭尽全力推广先进经验，

助推审计的腾飞与发展。

岁月如梭，

转眼间北湖审计已走过十个年头，

十年栉风沐雨，

领头雁付尚朋局长，

呕心沥血、以局为家

克己奉公、以上率下，

为审计力开先河，

率领着朝气蓬勃的团队，

拼搏苦干，一如既往，

一身正气负重前行，

昂首阔步扬帆远航，

走在同行业的前列。

成长的足迹依然历历在目，

她是一面镜子更是一本教科书，

让人回味，

让人珍藏，

让人奋进，

更让人知难而进。

走过辉煌十年的北湖分局，

在党和政府、上级审计机关的领导下，

得到社会各界的高度认可。

在节省大量财政建设资金上做出突出贡献。

光辉十年，

是形成鲜明特色审计的十年，

也是让人学习取经的十年。

瞻望未来，

期盼着下一个更加辉煌的十年。

2020 年 5 月 15 日

注：该文刊登于，《山东注册会计师 资产评估师》
2020 年 10 月第 5 期。

忆光辉历程 共逐梦前行

——中国注册会计师行业行稳致远四十年

作为维护社会公共利益的使者，

一齐逐梦，

携手奋进，

砥砺前行，

以踏实的脚步稳稳走过四十年。

带着期待，

带着梦想，

带着辉煌，

一路走来，

是何等的非凡，

又是何等的令人自豪与骄傲。

经济大潮汹涌，

被誉为"经济警察"的中国注册会计师应运而生。

为维护经济秩序，

促进经济的健康发展，

审计理应走向经济大潮之中，

随着经济的发展而成长。

就像解冻的河川，

重建中国注册会计师制度的号角，

在全国顺理成章吹响了。

山东也不例外，

率先行动，

通过努力，

以骄人的业绩走在全国同行业的前列。

发展社会主义市场经济，

需要与国际经济接轨，

中国注册会计师的审计，

同样要与国际注册会计师的审计接轨。

组建初期，

财政和审计部门的官员，

纷纷被委派到中国注册会计师和审计师协会，

组建会计师事务所和审计师事务所，

机构不全，人才奇缺，

招兵买马，建章立制，

一切从头开始，

时不我待，

万事开头难。

在发展的初期阶段，

并驾齐驱的两会两所各自为政，

浑身解数，

各显神通。

在建立之初，

社会审计没有成功的先例，

靠开拓者的悟性和摸索，

靠主管部门的培训与指导。

经过不懈的努力，

由前期的企业注册资本金验证的单一业务，

逐渐发展到门类齐全的各种审计业务。

注册会计师充分发挥自身的职能作用，

规范着各项经济活动的繁荣与发展。

会计师事务所成了第三方审计的代名词。

两个协会的辛勤耕耘，

正在开花结果，

中国注册会计师行业，

得到了初步有序的重建和发展，

主管财政和审计的部门功不可没。

光阴荏苒，岁月匆匆，

转眼间到了 1999 年，

国家根据国际国内的形势发展需要，

毅然决定两会合并，

两所脱钩改制、协会名称统一，

两所名称规范。

一声令下、全国一盘棋，

两所统一名称并迅速与政府机关脱钩。

两所从业人员一夜之间成了自由职业者，

到市场上打拼，

以求生存。

从此，

中国注册会计师行业的发展，

就步入了以市场为导向的新的发展轨道。

中国注册会计师行业改革后，

正赶上全国经济的高速发展，

各种经济行为层出不穷，

对社会审计的需求也多种多样，

中国注册会计师审计的业务也与日俱增，

中国注册会计师行业发展的春天随之而来。

在那激情燃烧的岁月里，

中国注册会计师的审计业务开始应接不暇，

中国注册会计师行业的发展，

随着经济大潮的奔涌逐步壮大，

渐渐覆盖整个经济领域。

任何的发展都不是一成不变的，

国家为了促进经济的发展，

撤销了企业的资本金验证的规定。

为此，企业在登记注册时，

就几乎没有了企业注册资本金验证的前置条件，

接着国家实行企业注册资本金的认缴规定，

中国注册会计师的验证业务范围也因此缩减，

整个中国注册会计师行业遇到了瓶颈。

上级主管部门和行业协会及时指明了新的审计方向，

引领全行业，

努力向高端审计业务领域发展，

尽职调查、各种会计咨询……

各项新的业务，

开始走进中国注册会计师的视野。

在求生存的大背景下，

全行业高度重视，

并作为审计业务开拓的主要目标，

努力去争取实现。

经过顽强拼搏，

新的业务应时而生，

中国注册会计师行业的发展，

迎来了难得的发展机遇。

发挥第三方的审计作用，

弥补政府审计力量的不足，

政府机关早已达成共识。

在此背景下，

党和政府英明决策，

实行政府购买服务，

推动第三方审计服务的发展，

作为客观公正实事求是审计的第三方，

社会审计会计师事务所迎来了新的发展契机。

国外的四大会计师事务所，

早已把审计业务渗透到全国各地。

秣马厉兵、为时不晚，

走出国门，

走向国际并占有一席之地，

是全行业的不懈追求。

面对国际四大会计师事务所，

国内的会计师事务所显得非常弱小，

毕竟才刚刚走过四十年的发展历程。

为了中国注册会计师行业的宏伟事业，

会计师事务所强强联合，

尽快做大做强，

提质增效规范发展，

向国际审计领域进军。

每到行业发展的关键时期，

行业精英、领军人物和行业协会，

总是高屋建瓴，

对中国注册会计师行业的发展，

给予及时的帮助与指导；

在关键的行业发展节点上，

始终以高超的智慧，

推动全行业快速前进，

极大推动了中国注册会计师行业的发展。

忆往昔峥嵘岁月,

中国注册会计师行业的发展栉风沐雨,

到了不惑之年。

由最初蹒跚学步的雏鸟,

成长为翱翔天空的大雁;

也由不成熟走向成熟。

在经济热潮中,

始终一步一个脚印,

肩负着经济监督的重任;

机构不断健全,

从业队伍不断壮大,

内部管理制度不断完善……

正以自强不息的新姿态展示给世人。

在党和政府及财政、审计部门的领导下,

全行业不忘初心、

牢记使命与担当,

不断努力进取,

急客户之所急,

视审计服务为天职,

行使并履行注册会计师法和资产评估法规定的权利和义务;

以财经法规为准绳,

以中国注册会计师职业准则为规范,

以独立、客观、公正、保密为原则，

以客户至上为目标，

经过多年的奋发有为，

中国注册会计师行业，

已经成为发展社会主义市场经济、

影响思想文化和社会舆论、

维护社会和谐稳定发展、

为全面建成小康社会服务的重要力量。

在提高经济信息质量、引导资源合理配置、

优化企业治理结构、推动新旧动能转换、

促进企业转型升级等方面发挥着积极作用。

以保好驾护好航为崇高职责，

为防范化解金融风险，

为脱贫攻坚，

为环境污染防治，

为全面建成小康社会，

为助推经济的腾飞与发展，

为实现中华民族的伟大复兴，

为实现宏伟的中国梦，

贡献着青春和力量。

我们不能忘记那些为中国注册会计师行业的发展，

呕心沥血、献计出力的老领导、

社会各界的仁人志士；

多少风华正茂的前行者的辛勤付出，

才成就了全行业的发展。

而今，

仍奋战在中国注册会计师行业战线的"老兵"，

大多是，

中国注册会计师制度恢复重建时的开拓者，

随着时间的流逝，

大多数人员已到了退休年龄，

他们为中国注册会计师行业的发展，

贡献了自己的聪明才智，

是这个行业的开拓者，

向他们致敬。

上级各级协会，

特别是脱改后的山东省注册会计师协会，

和山东省资产评估协会、资产评估师，

担任着类似中国注册会计师的重要职责，

肩负着资产评估业务，

为促进经济的繁荣与发展贡献了力量。

继往开来、

积极主动地开展工作，

以极大的勇气，

百尺竿头再立新功。

在发扬优良传统的基础上，

进一步打牢夯实注册会计师行业发展的根基，

阔步向前，

为中国注册会计师行业的进一步发展，

力争更上一层楼。

为了客户的需求与期盼，

为了中国注册会计师行业发展的要求，

中国注册会计师行业四十年的辉煌历程，

也只是万里长征走过了第一步，

应站在全行业发展的制高点上，

放眼未来。

中国注册会计师行业，

仍长风破浪，

依然要投身于行业建设发展之中，

笃定前行；

展望行业的未来，

更进一步，

行稳致远……

2020 年 5 月 22 日

注：该文刊登于《山东注册会计师 资产评估师》2020 年
6 月第三期。在"忆光辉历程 共逐梦前行"——纪念中国
注册会计师制度恢复重建暨行业改革发展 40 周年优秀文
学作品征集中，此诗获得二等奖。

忆光辉历程　砥砺前行

——纪念中国建设工程造价管理协会成立 30 周年

那曾是一个充满诱惑而又让人难懂的名词，

它是权利和义务的重托，

是负重前行的崇高职业，

是奋力完成的光荣使命，

是勇往直前的毅力，

是估量造价投资的敲门砖，

是制止高估冒算的金钥匙，

是难以逾越的前置条件，

是"千里之行，始于足下"的起跑线……

那就是接受工程造价任务时的委托，

是业主为实现既定目标的开始，

委托进行工程造价咨询，

成了最响亮工作的代名词，

工程造价咨询迈上新征程。

伴随着行业协会的成立，

新的一页已经打开，

工程造价快速发展，

预决算似乎被工程造价咨询的概念所代替，

一时间工程造价咨询被推向前沿，

工程跟踪审计和结算审计成了热点，

工程建设如雨后春笋，

对工程造价咨询的需求急速攀升，

造价咨询机构纷纷成立，

甲级和乙级咨询企业遍布全国。

工程造价咨询的初期，

大家对此很陌生，

即使是跟踪审计和结算审计，

也是概念模糊，

全过程工程造价咨询，

更是让人似懂非懂，

不像今天如此清晰，

也不像今天的工程建设，

一定要进行工程造价审计，

成了不可逾越的门槛。

起初甚至有业主抵触，

万事开头难，

工程造价咨询事业奋勇向前。

社会主义市场经济，

迫切需要工程建设的发展。

在活跃建筑市场经济的同时，

急待要求与之相适应的工程计价模式的变革，

为了适应这一变革的需要，

建设工程工程量清单计价规范应运而生；

同时建筑工程消耗量定额的推行，

是建筑行业发展的必然要求。

为了推动建筑业的快速发展，

主管部门和行业协会，

进行了大量的宣传和培训工作，

利用工程计价改革的大好形势，

在建筑行业中着手推进政府投资和国有投资，

逐渐实行工程量清单计价。

工程量清单计价渐渐取代建筑工程综合定额结算。

量、价、利实行全面改革，

工程咨询行业在计价上，

也进行着前所未有的变革，

推行新的计价规范和消耗定额，

造价咨询从此进入了全新阶段。

随着工程造价改革的不断深入，

建筑工程综合定额逐步成了过去式，

清单计价和消耗量定额一旦走向前台，

就成了主角。

时光流转，

为适应并跟上建筑工程中，

采用新工艺新技术新材料的步伐，

新的计价规范和消耗量定额，

也在不断地修订和升级，

国家随时颁发新规范和新定额，

每项工程施工合同的签订必须明确计价模式，

因此在当前工程造价结算中，

清单计价也就成了计价模式的首选。

从清单计价规范和定额不断的变化中，

不难看出，

造价咨询行业，

是伴随着规范和定额的变化发展起来的，

在工程造价的控制上，

随着经济形势的发展，

以及工程建设对造价的需要，

迅速发展起来。

造价咨询行业规范，

也随着经济发展的需要逐步完善，

极大地推动着造价咨询行业的发展。

回首工程综合定额措施的实施，

探索之路的艰辛历历在目。

而如今，

整个造价咨询行业，

利用现代化的办公手段，

从事着全过程工程造价咨询工作，

进行着工程预结算的编制与审核；

为满足招投标人的需要编制招投标价格，

为了完成工程造价的跟踪审计和结算审计，

不遗余力履职尽责，

为政府投资和财政投资评审提供评审意见，

为法院解决工程造价纠纷提供鉴定意见，

成了名副其实的中介造价咨询服务机构。

造价咨询行业，

已经成为发展社会主义市场经济的助推器。

影响思想文化和社会舆论、

维护社会和谐稳定发展，

为全面建成小康社会的宏伟目标服务。

在那激情燃烧的岁月里，

造价咨询行业，

在党和政府、主管部门的坚强领导下，

在行业协会的强有力的支持下，

强化党的建设，

不忘初心、牢记使命，

栉风沐雨，

由最初的不成熟走向成熟。

造价咨询，

已融入建筑业的方方面面，

紧随着建筑业走向国际市场，

并开拓国际造价咨询市场，

发展空间进一步扩大，

造价咨询行业的发展方兴未艾，

有力促进了建筑行业的繁荣与发展。

岁月峥嵘，继往开来，

为了造价咨询行业的发展，

争取百尺竿头再立新功，

充分发挥自身的职能，

引导企业资源合理配置、

优化企业治理结构、

推动新旧动能转换、

促进企业转型升级……

发挥着积极作用。

以顽强拼搏的精神，

为经济社会的高质量发展，

为脱贫攻坚，

为环境污染防治，

为全面建成小康社会，

为助推经济的腾飞与发展

为实现中华民族的伟大复兴，

为实现宏伟的中国梦，

贡献着力量。

为了客户的需求，

为了造价咨询行业的发展，

在发扬优良传统的基础上，

进一步打牢夯实造价咨询行业发展的根基，

奋勇向前，

力争更上一层楼。

站在全行业发展的制高点上，

放眼未来。

造价咨询行业，

依然要投身于行业建设发展之中，

坚持客观公正实事求是的原则，

笃定前行，

矢志不渝，

展望全行业的未来，

进而有为，

行稳致远……

2020 年 8 月 13 日

注：该文收录在纪念中国建设工程造价管理协会成立 30 周年的图书——《造价心语——造价工程师的故事》中。

勇于创新　质管提升

——提高执业质量促进全行业健康发展

枣庄市注册会计师行业党委，

在上级党组织的坚强领导下，

认真履职尽责，

担当作为，

已发展成为支持行业发展的重要领导力量。

领导全市注册会计师和资产评估行业，

迈进新征程，

从胜利走向胜利，

就如同指路明灯，

指引着全行业奋勇前进。

党建工作千头万绪，

找准定位开展工作，

谋求发展，

推动注册会计师和资产评估行业发展再上新台阶。

安排布置各项党建工作，

主动开展党建活动，

学习传达上级文件精神，

发展新党员，

为全行业输送新鲜血液。

组织全行业的党员学习"灯塔在线"，

强化"学习强国"，

每月定期开展 28 日主题党日活动。

结合新旧动能转换，

紧跟高质量发展的步伐，

领会质量管理提升年的精神内涵，

在全市注册会计师和资产评估行业，

迅速开展质量管理提升年活动。

首先制定具有操作性的实施方案，

采取有力措施，

以点带面，

点面结合，

层层深入，

已渗透到审计和资产评估业务的方方面面；

加强质量管理，

提升工作效率，

已变成行业的自觉行动。

不论前进道路上有多少艰难险阻，

质量管理的脚步从未停止。

面对突如其来的新冠疫情，

全行业积极应对，

沉着应战，

我们虽然不是战疫一线的勇士，

但，我们是幕后的战疫英雄，

坚守在审计和资产评估业务的岗位上，

尽职尽责，

履行着质量管理的重要职责，

在没有硝烟的审计战线上，

书写行业的家国情怀

充分体现勇于担当的精神，

为夺取全国的抗疫胜利做出应有的贡献。

面对来自国外的无端打压，

我们站在行业发展的高度迎难而上，

作为审计人和评估人充分体现出，

应有的民族气节，

坚定支持我国企业的快速发展，

在国际风云变幻中，

始终保持定力，

紧扣质管提升的主题，

攻防兼备，

克服险阻推进高质量发展。

继往开来，

我们勇于创新，

政通人和，

只争朝夕。

通过开展质量管理提升年的活动，

强化了高质量发展的意识。

坚定了发展的信念，

提升了各所党支部的领导水平，

汇聚了"凝心聚力的磅礴力量"，

达到了攻坚克难的目的，

引领全行业稳步健康发展。

展示了全市注册会计师和资产评估行业的风采，

得到了社会各界的广泛认可和高度评价，

也得到了社会各界的极大关注和大力支持。

我们生逢盛世当不负盛世，

每位审计人和评估人正在见证历史，

更是在创造历史。

伟大祖国取得的成就，

都是平凡的你我，

用汗水换来的。

如今，

正逢行业发展的最好时期，

让我们用沉甸甸的收获，

书写质量管理提升年的发展历史。

看今朝，

全行业英姿勃发，

阔步向前，

奋发有为。

各党委在上级党委的正确领导下，

为全行业的高质量发展，

谋篇布局

进一步激发全行业的活力，

充分发挥审计和评估的职能作用，

为经济的健康发展保好驾护好航。

2020 年 11 月 25 日

注：该文刊登于 2021 年 2 月第 1 期《山东注册会计师 资产评估师》。

奋斗成就伟业

——纪念山东忠信会计师事务所有限公司成立 20 周年

当黎明之光穿透黑暗，

一轮红日冉冉升起之时，

催生了新的生命，那就是，

山东忠信会计师事务所有限公司，

和山东忠信资产评估有限公司，

从此群英在此相会。

带着憧憬，

带着期盼，

一路走来。

曾经冷冷清清的两层门市小楼，

忙碌的身影不断地显现，

人来人往热闹非凡。

创业者在苦苦探索着光明之路，

审计之光从此闪耀。

那充满希望的办公楼，

泛着白银之光，

踏实的脚步走向层层台阶，

梦想不断实现，

财务审计资产评估工程造价咨询招标代理，

纷纷而来。

欢声笑语洋溢在整个大楼，

蒸蒸日上，一团和气，

奋发有为，其乐无穷。

天时地利人和，

新的希望装进新的行囊，

阔步向前，

奋发向上，

青春的脚步在豪情中走得更远，

嘉汇大厦成了创业者的新乐园。

二十年来，

探索做大求强的路径，

吸引来志同道合者，

绘就宏伟蓝图；

策马奋进中，

容纳的是行业精英，

奋进着的是勇者的笑脸，

一个个目标是催人建功立业的号角，

英姿勃发在实务中突显。

佼佼者接踵而至，

走向共同的家园。

大家同心同德，志向高远，

辛勤耕耘，

收获满满。

我们手握手肩并肩，

去筑梦想的家园，

山东忠信是你我共同的生存平台，

尽心尽责做好每项工作，

赢得社会赞誉和客户的青睐。

开拓进取，

忠信人为之奋斗，

共筑山东忠信金字招牌。

回首往事，

那每一个让人心动的瞬间，

那实现的宏愿，

凝聚了忠信人的心血和汗水；

那一幕幕激动人心的画面，

彰显了在岗谋政的强烈责任心，

刻苦上进的工作精神，

书写着无数令人难忘的华章。

这是艰苦创业者成就的伟业，

感谢那些无私的付出，

感恩那些支持与帮助。

展望未来希望满怀，

只要努力前途就会光明，

脚踏实地一步一个脚印，

负重前行。

在成长中播下希望的种子，

孕育着累累硕果，

奋进中追求完美，

勇于攀登，

一定会取得丰硕的成果。

不忘初心、牢记使命，

调动全体员工的能动作用，

抓住发展机遇，

与优质客户共同成长，

向客户提供增值服务，

牢记客户至上，

急客户之所急。

策马奋进，

再创佳绩。

2021 年 1 月 14 日夜

党的百年华诞辉煌百年

您从韶山冲走来，

男儿立志出韶关，

誓不成名绝不还。

您从红船上走来，

铮铮誓言，

响彻大地。

您从秋收起义的硝烟中走来，

践行着枪杆子里面出政权，

掀起武装斗争的波澜，

阔步走向武装夺取革命胜利的道路。

您从三湾改编的伟大深远的，

历史意义中走来，

党的领导，

从此建在了军队上。

您从井冈山上走来，

星星之火可以燎原，

武装割据的红色根据地，

是革命胜利的摇篮。

您从古田会议的光芒万丈中走来，

党对军队的绝对领导，

从此得到有力的加强，

党的思想建设、组织建设、基层组织建设，

开始落地生根充满活力。

您从红都瑞金走来，

反"围剿"的胜利，

激励共产党人前仆后继，

奋勇向前。

您从遵义会议的转折中走来，

力挽狂澜，

挽救了党，

挽救了革命，

开始从胜利走向胜利。

您从延安宝塔山走来，

发展革命力量，

号召全民抗战，

在敌后狠狠打击日本帝国主义，

迎来了十四年抗战的最后胜利。

您从西柏坡走来，

敢教日月换新天，

三大战役的丰功伟绩，

成为历史长河中的中流砥柱，

解放战争拉下胜利的帷幕。

您从中南海走来，

站在北京天安门城楼上，

庄严宣布中国人民从此站起来了，

红旗瞬间插遍全中国，

人民江山万山红遍。

您从改革开放中走来，

解放思想，

改革开放，

发展生产力，

鼓励发家致富，

共同走富裕之路。

您从"三个代表"中走来，

进一步解放思想，

扩大改革开放，

收回香港，

"一国两制"，

努力实现国家统一。

您从科学发展观的引领中走来，

科学发展，和谐发展，

澳门回归伟大祖国的怀抱，

人民安居乐业。

您从新时代中国特色社会主义思想中走来，

改革开放逐步深入，

创新发展已成共识，

高质量发展成为主旋律，

脱贫攻坚已完美收官，

美丽乡村建设方兴未艾，

党史学习教育成为人人的自觉行动。

为人民服务，

是时刻为此奋斗的承诺和誓言，

不忘初心、牢记使命，

是每位共产党人的崇高理想和不懈追求。

为实现共产主义而奋斗终生，

百年华诞，

走过了百年的抗争与奋斗，

践行着伟大的中国梦。

屹立在民族之林的中国人民，

在共产党的领导下，

定能崛起实现中华民族的伟大复兴，

创造出崭新的盛世华年。

我们生逢盛世，

定能不负盛世，

在注册会计师、造价工程师、

资产评估师的岗位上，

努力做出骄人的业绩，

向党的百年华诞献礼。

2021 年 4 月 26 日

注：曾发表在《山东注册会计师资产评估师》2021
年 6 月，第 3 期。

乡 愁

邻居的二大娘，

还在为儿子第二天相亲，

急需借到一床被子放在自家床上，

正在发愁时，

父母给二大娘送去了崭新的被子，

促成二大娘儿子的终身大事，

解了燃眉之急。

近房邻里的王姑娘，

仍在为儿子过两天就要相亲，

还未借到一身体面的新衣服而发愁，

父母送去孩子上学穿着的衣服，

成就了王姑娘儿子的相亲梦。

隔壁的小眼嫂，

因她的丈夫排行老三，

大家都叫她小眼三嫂。

小眼三嫂丈夫早逝，

两个女儿早就嫁人了，

只身一人，

家里断米时总会上门来借米，

父母一边客气让座，

让子女们快点倒茶端饭，

一边连忙把家里不多的粮食，

分给她一些。

父母说三嫂一个人生活不容易。

隔三岔五，

送去一粥一菜。

北风怒吼，

庆斗三嫂家烤火盆里没了柴火，

她瞄上我家门前的柴草，

弓腰驼背的她，

总是不打招呼背回家。

她孤单单一人，

住在一个阴暗的茅草房里，

两个儿子早已自立门户，

住的地方离她较远，

三个女儿也早已出嫁，

丈夫又去世，

无依无靠。

父母看到她搬木柴，

也帮着她搬。

吃饭的时候，

又让孩子送去饭菜。

逢年过节，

总要给她一两百元。

大伯家的合成弟找来了，

大伯叫他来向我父母要钱买酱油，

父母给了他钱去买酱油，

看着他远去的背影，

忧愁和烦恼，

他似乎从来就没有过。

大娘说，

你哥初中毕业时，

向你父母要五角钱，

你父母都拿不出来。

大娘对哥说你还要钱上学，

你们家盐都断了好几天了，

那时家境贫寒到如此地步。

低矮的茅草屋，

一遇阴天下雨，

时有屋漏墙塌，

修缮翻新总要一大笔花销，

改善住房条件成了一代人的念想。

儿娶女嫁摆宴席，

家家都有一本难念的经。

庆德大哥骑着自行车，

如同一阵风从父亲身边而过，

父亲半天也没能追赶上。

父亲回家便说新社会新事新办，

经再三考虑，

父母决定让哥托人买辆自行车，

让我们上学时骑着方便，

可怜天下父母心。

乡村的孩子要走出大山，

那是几代人的念想，

祖祖辈辈的期盼，

盼望着家里有个孩子出息，

让祖林坟头上冒股青烟，

或能在祖林上长棵耀人的蒿子，

光宗耀祖。

家里捉襟见肘，

出门走泥泞不堪的羊肠小路，

鞋磨破脚趾露在外。

随着时代的发展，

泥路被水泥路代替，

补丁摞补丁的衣服再难见到，

新农村建设，

带来天翻地覆的变化。

街坊邻居更多思考的是，

家里的楼要盖几层，

孩子能不能上个好学校，

再不行想法办个房贷，

买套学区房，

孩子也能上个好学校。

孩子今年考大学，

能不能考上 211、985 高校，

孩子考编制能不能考上，

工作就业能不能找个好企业，

三十几的孩子什么时候能找到对象，

结婚十几年的孩子什么时候添小孩，

房贷车贷什么时候能还上，

创业能不能成功，

还有……

随着时光的流逝，

那些不可思议的事情，

已变成事实，

日新月异地发展，

让家乡插上腾飞的翅膀，

父老乡亲安居乐业，

吃穿不愁，

住瓦房小楼，

出门有车辆代步，

生活过得比蜜甜，

一张张可亲可爱的笑脸，

诠释着幸福生活的美满。

2022 年 7 月 19 日

海拉尔冰封大草原

荒芜、寂寥、冰封，

在一望无际的大草原肆虐，

夕阳红艳似落非落，

挂在远远的天边，

映红了大片白雪。

雪格外耀眼，

蜿蜒起伏的柏油马路，

如巨龙飞腾蜿蜒。

马儿在茫茫雪野里，

悠闲吃草。

极目远眺，成群的牛羊，

徜徉在辽阔的围牧场，

骆驼啃光草根，

在雪原留下深深的蹄印。

雪景撞击着心扉，

一望无际的雪原，

空旷雪海使人身冷心暖。

大草原上冰雪洁白，

激起无限遐想。

至今，依然在心中荡漾！

2023 年 3 月 26 日

南仙公水杯

晶莹剔透腹中装，

小巧玲珑世无双。

饥渴难离解急需，

品饮神爽传清香。

一日三餐常相伴，

每天举起庆健康。

标新立异腹中藏，

满心喜爱心情畅。

常用南仙公水杯，

爱不释手美名扬。

作于 2021 年 11 月 2 日

青 蛙

小小青蛙四条腿，

张大嘴，

鼓眼睛，

呱！呱！呱！

声声不息。

河塘有水它先入，

荷叶顶上坐如狮，

鼓鼓腮，

露白肚。

夏天一来，

先有声，

河沟之间声不停，

一张嘴传暑热，

夏天去，

再难闻其声。

2021 年 7 月 10 日

文

富硒南山泉

山东枣庄薛城沙沟镇的南山脚下，有一处泉水，名叫富硒南山泉，至今已经涌流两千多年，一直滋润着一代又一代的南常人。

生活在这块土地上的人们常提起此泉，并为居住和生长在这块神奇的地方而倍感幸福。因为常饮此泉水的祖祖辈辈都身体健康，延年益寿。

富硒南山泉为千年古泉，坐落在山东省枣庄市薛城区沙沟镇的南山脚下，春秋战国古城——建阳城旁，此泉汇成建阳城的西护城河。泉水涌流，生生不息，方圆二百多平方公里，山峦起伏，草木茂盛。

富硒南山泉形似牛鼻子，百姓又称之为"牛鼻子泉"。在绵延2000多年的历史长河中，当地一直流传着喝此泉水，能治疗肠胃病、祛色斑、止腹泻等，方圆几十里的百姓都来此取水，以此泉水当作"药引子"煎熬中药，病就好得快。故当地百姓把富硒南山泉水称为"长寿水""圣水"。

但是，如此神奇之泉在2013年还只是一个美丽的传说，是当地老人的记忆。

1979年，当时的南常公社11大队想把富硒南山泉水拦住浇地，有利于山泉下游农业土地的灌溉，就在富硒南山泉的下游，扒了建阳城的城墙，用城墙的土修建了四座水库，筑建了拦河坝，从此把泉水一级级拦住，用于农业灌溉。日久天长，随着一次次的山洪暴发，富硒南山泉逐渐被埋在地下，深达二三米，但泉水仍然外涌，积蓄在水库里，用于养鸭浇地，不再饮用。

为了开发富硒南山泉，把养生健康带给更多的人，2014年初由我牵头成立了山东南山泉天然矿泉水有限公司，进行"南仙公"和"南仙玉饮"系列产品的开发，并于2016年1月23日正式上市。

要了解古富硒南山泉、古西护城河和古建阳城（现叫南常故城），这三古，我们来看下面的文字资料记载。

据载，南常古城位于薛城区原南常乡南常村村北，坐落在凤凰山之阳的一片平原上。凤凰山又名朝阳山（又名南山、奶奶山），山势连绵数里，上有四峰高低相错，其间杂有参差的巨石，形似展翅的大鹏，可俯瞰南常古城周围的沃野平原。南山北麓有玉华泉，南麓有凉泉，二泉之水合流环绕古城，最后流入漕河。东峰下有朝阳洞，西有护城河即富硒南山泉河。

古城东有老鸹山，西侧有元代广威将军周忠及其子周瑞昌的墓葬。南常古城东西长约 550 米，南北宽约 440 米。古城东北隅，沿东墙基向北延伸出一个南北约 100 米的突出残存土墩，俗传为"北门"，亦称"瓮上"，其余则荡然无存。古城附近，古墓很多，经常有画像石刻出土。曾发现完整无锈的汉代环首铁刀、石羊和大批陶器。

南常古城，旧志一说为建陵城，一说为建阳城。古城坐落在白茅山、寨山之阳，南常村东北方向的一片平原上，一条古河沿城址东部自北南流，一条古河沿城址西部自北南流。

关于建陵城一说，《峄县志·古迹考》载：建陵城在县西四十五里白茅山之阳，汉卫绾封建陵侯即此。但此说与文献记载不符。《水经注》记载：沭水，一渎南径建陵县故城东，汉景帝八年（前149）封卫绾为侯国。《地名大辞典》载：建陵县，汉侯国，后汉省，故城在今江苏沭阳县西北。《中国历史地图集》所标汉建陵县位置与《地名大辞典》的记载相同。由此可见，南常古城即建陵古城的说法显然不妥。

关于建阳城一说，《诗经·鲁颂》记载："居常与许。"东汉经学家郑玄注释曰："常，或作尝，在薛之南。"从《中国历史地图集》上可查见春秋时期"常"的地理位置即今南常古城附近。由此可见，南常古城可视为春秋时期的常（尝）邑。从今地名上看，古城南、北部有南常、前后北常等村，似皆以此城位置而定。《续山东考古录》载："建阳县城在（县）西微北四十五里，俗称'建陵城'。"《地名大辞典》载："建阳县，汉侯国，后汉省，故城在今峄县西。"与《中国历史地图集》所标建阳城位置相同。

西周时期，区境内出现奚、常两个城邑。奚邑在今区境北部的奚村一带，常邑在今南常、沙沟一带，二邑隶属于薛国。

孟尝君田文，他的父亲是齐威王之子，齐宣王之弟田婴。田婴受封于薛，时谓薛公。孟尝君承袭了薛公之位。

相传孟尝君当在建阳城西的点将台上，会见门客，商讨建阳城发展大计，一看人数，他勃然大怒道：为何少了这么多人？毛遂上前禀道：今天不知吃了什么，很多人食物中毒闹腹泻。于是孟尝君命令取富硒南山泉水饮之，门客的腹泻很快就好了。一个叫赵胜的人得了痔疮和肠胃病，每次解便鲜血不止，请医看病，医生开具处方：长期饮用富硒南山泉水。于是，赵胜就饮用富硒南山泉水，不久肠胃病和痔疮病愈。孟尝君的门客中，有个酒师外号张一瓶，天天烂醉如泥，长此以往，染上酒瘾，每犯酒瘾，浑身哆嗦双手颤抖。一日孟尝君得了小疾请医看病，正值张一瓶酒瘾发作，被医生看到，于是给他开出长期饮用南山泉水的处方，张一瓶饮之，不久痊愈。孟尝君之父田婴得了一场大病，孟尝君得知父病，前往探视，并送去南山泉水，当审视父亲的药方时，"药引子"即为南山泉水，田婴看到孟尝君送来的泉水十分高兴，当下令人煎药饮用，几副药后，病就好了。孟尝君的门客中，一位来自楚国的门客经常腰部疼痛，有时疼起来大汗淋漓，面色发黄，经医诊断患了肾结石，患了肾病，因病情开具了药方，并嘱咐长期饮用南山泉水。门客按方吃药，坚持长期饮用南山泉水，二年过去了，腰部病疼痛就再也没有发生。

诸如此类的传说至今仍流传着，南山泉自 2015 年 1 月 1 日元旦重见天日，当地百姓闻讯后，纷纷来此喝水，不远千里慕名而来的拉水者络绎不绝。实践证明，长期饮用此水的人身体健康，气色好，权威部门的检测报告显示：南山泉水含有丰富的微量矿物质元素，即硒、锶、锂、锌、钙、镁、钾、钠和偏硅酸，这些元素对人体健康十分有益。

南山泉的周围已建成"富硒南山泉生态园"。水库里生长的鱼虾鲜嫩无比，用此泉水浇灌种植的粮食、蔬菜、水果等味道纯正、营养丰富。

在富硒南山泉的研究与开发过程中，得到各级党委政府、相关部门和单位、社会各界、南常东西两村、本村乡亲、本家亲族、亲朋好友、社会贤达之士的关心和鼎力支持与帮助，在此一并感谢！

喝富硒南山泉水作天下文章，喝富硒南山泉水吉祥安康！

富硒南山泉

天赐富硒南山泉，千年涌流川壑涧。

载誉增寿携福海，欲把健康送人间。

2017 年 2 月 13 日

注：该文刊登于 2017 年 3 月 6 日《枣庄日报》D4 版。该文刊登于 2017 年第一期，
《枣庄轻工业》杂志。

富硒南山泉建设记

2014年7月16日，骄阳似火，烈日似乎把人烤焦。这是一个让人等待已久、令人激动，特别幸福的时刻，甘甜的富硒南山泉水，终于又与世人见面了，从此走进千家万户，这得益于父亲褚思唐的智慧，是水利专家找探富硒南山泉水的艰辛注释。

回首1979年，当时的南常乡11大队，拦下富硒南山泉水浇灌下游沃野粮田，在神泉的下游打了拦河坝，形成储蓄用的水库，天长日久，山洪暴发，泥石流俱下，随着一次次的山洪暴发，富硒南山泉被山洪冲带下的泥沙石块，深埋在地下，一埋就是36年。泉水从地下流出，淌入水库，南山泉从此淡出人们的视线。泉旁住着一户人家，养的鸭子，整日在水库中喝水游戏，再无人饮用此泉水。富硒南山泉水只好在地下寂静地流淌着，寂寞地等待那重新欢畅的日子。

同样是一个特别重要的时刻，2015年1月1日元旦，租用的大型挖掘机开始隆隆地挖掘，每挖出一抓，都激动人心，当挖到一定程度后，就不能使用挖掘机了，开始用手清理，也不准许使用镢头和铁锨，以免不小心损伤了古泉，我同妻子张霞和褚宏杰三人一齐用手，一点一滴地抠挖，小心翼翼地挖出泥土和沙石，终于挖出了南山泉，此泉得以重见天日，手都被磨破。准确找到富硒南山泉，得益于当年筑建拦河坝的领头人胡福平的好记性。

两个孔出水形似牛鼻子的泉水，一天一夜只出24桶水，水量不大，为了充分发挥泉的价值，惠及更多的人，我决定开发南山泉。

2016年10月26日，经规划设计，开始建设，把购买来的五莲红花岗岩亭，建在南山泉上，亭亭玉立，泉前的玉池，下游的水库，在妙想奇思的构思下（刘全庆帮助谋划），由本人投入大量资金，花钱雇本村建筑人员，购买水泥、砂子、青石料构筑砌垒，护坡挡土，面貌焕然一新。南山泉由杂草丛生的颓废荒沟，摇身一变成为风景秀丽的旅游景点。南山泉从此美不胜收，笑迎五湖四海来客。

矗立的厂房，现代化的制水设备屹立在泉旁，如同琼浆玉液的泉水，于2016年1月23日开业，以“南仙公”和“南仙玉饮”为载体，源源不断地供向四面八方，满足了消费者的需要。为保护泉上下游水源不被污染，围泉租地100余亩，越过郏薛路又租地90余亩，防止上游污染，进行围泉保护。以此为基地，建设“富硒南山泉生态园”，用泉水浇灌，种下健康蔬菜、瓜果和粮食，种上“英明5号葡萄”，栽上“早红苹果，一串红”，种下绿化树秋火焰等，生产出生态、有机、环保、绿色、无污染的农副产品，馈赠八方来客。

人们记忆中的南山泉，百姓乐道的牛鼻泉的传说，又开始盛传开来。现在仍然流传着喝此泉水能治疗肠胃病、疝气、痔疮、腹泻等疾病。可当作“保湿水”使用，搓抹手脸；烧上几壶水后，用餐巾纸一擦，壶垢被清理得干干净净，水壶如新。天然弱碱、养生、健康等诠释着“圣水”美名。

南山泉的开发建设利用，得到了各级党委、政府、社会各界、亲朋好友、乡亲、兄弟姐妹和家人等的大力支持，在此一并致谢！

2019年1月12日

村西的西沙河

小时候对家乡里的西沙河一直充满向往。

西沙河在枣庄市薛城区沙沟镇南常村西，即我老家的西面，故村里人称之为西沙河，村庄的北面五六里路就是大山，村里人都称它为南山（现称为奶奶山），南山在连绵的群山之中，一共有山头四座，因四个山头的缘故，在行政区划上称为公社的时期，南常十一大队共分四个小队，一个山头就是一个小队。南山的四个山头下形成的排列东西由北向南流淌的三条主要河流，最东面的一条是南山脚下春秋战国时期的建阳古城的东护城河；中间的一条是建阳古城的西护城河，即富硒南山泉河；最西面的一条就是南常村庄西边的西沙河，也就是我老家西面的西沙河。奔流两千余年的三条河流，贯穿于南常东西两村的村东、村中和村西，形成三条奔腾的水龙，呵护着、养育着沿河的父老乡亲。

每年夏天，西沙河就成了避暑天堂，那时不论男女老少都会跑到西沙河，找个避人的地方痛痛快快地洗个除暑澡。光着屁股的娃娃们三五成群，烈日下，蹚着潺潺流水，打水仗嬉戏，笑声满天，或打堰拦水，躺在存积的水里游泳，做着各种各样的游泳姿势；或不知疲倦地堵因储水积聚而漫堰冲开的决口，大家群策群力，用小手快速地捧起沙子把决口堵住，甚至是躺在决口上将决口堵住，大家趁势迅速地用沙子堵住决口，并把堰打得高高的，把水存在里面以便玩耍；或放水冲浪；或躺在沙子里面，把头露在外面，烫得满头大汗，从沙子里钻出来时浑身沾满沙子，小伙伴们一看，顿时大笑起来。天真无邪，生活无虑，童年的欢乐永远留在西沙河那朵朵浪花之中。

现在的西沙河已不见昔日清澈的河水，除了雨季泄洪，大部分时间都是干涸的，河床被村民种上了庄稼，河面变窄，黄金色的沙子也不翼而飞，童年时的梦境找不到一丝一毫痕迹。

时光变迁，物是人非，西沙河还是那个西沙河，但儿时的记忆成了美好的永恒。西沙河的东西两岸已被村庄包围，是农村欣欣向荣的发展标志。

沿着西沙河走上一趟，目光转向了建阳古城的西护城河，即富硒南山泉河，它是儿时美好记忆的再现，清澈的山泉水奔流不息，在这里我找到了小时候的西沙河。

2020 年 10 月 3 日

家门前的油碾子

常听父亲说，家门口的油碾子是老辈人留下的，要好好地爱护它，是咱家的镇宅之宝，是老辈人压油用的，有年岁了。外人说你们家是油碾子褚，就是指的这个油碾子，它也代表着人们常说的南山褚氏（或称兰陵褚氏，或称南常褚氏，或称油碾子褚氏），油碾子也是褚氏的象征之一。

油碾子呈U形，由U形石槽围成大圆圈，在槽型中间压油，只有五六十厘米高，但在父亲的心目是高大伟岸的，没有任何东西能代替它，油碾子代代相传，现在已传到了父亲这一辈，父亲深知油碾子的传承性，对待油碾子像爱护自己的眼睛一样，为了保护油碾子，可不顾一切去拼命，油碾子是父亲的掌上明珠，心目中的灯塔，不论生活中有多少烦心事，只要一出门，看见油碾子他心里就高兴。

油碾子不仅见证着时代的变迁，而且也见证着褚氏家族的生存与发展。油碾子在某种意义上，成了褚氏人求生求存励精图强的精神力量，是绝不允许任何人搞破坏的。在"文化大革命"期间有人以"破四旧"为名，想砸烂它，正当砸得起劲之时，赶巧父亲出差回来，一听在砸烂油碾子，父亲当时就火了，二话没说就冲了过去，严厉制止，要和砸油碾子的人拼命，砸油碾子的人不敢再砸，但油碾子已被砸烂一段，挡门石墩也被砸坏，并被人偷走，无法复原，父亲很气愤，至今仍为没能好好地保护好油碾子内疚，成了他一生的心病和遗憾，每当父亲说起此事，还会气愤异常。

南山褚氏祖林（在南常西村的老林沟，人称旗杆家林，因皇帝御赐在祖林上立功名旗杆而得名，我家的老林就在老林沟祖林的旁边）立的明清两朝石碑，石碑具有宝贵的史料价值，但都在"破四旧、立四新"之时破坏殆尽，只有被父亲及时制止没有彻底破坏的油碾子和功名插旗杆的底座，得以保存了下来。

记得前些年有段时间看不见家门口的油碾子了，父亲整天念叨着要把油碾子扒出来，不能整日埋在地下，以免后人忘记了。由于地理环境的改变，周围的人家因提高地基，逐渐把油碾子埋上了，父亲发现油碾子被埋后，没有一天不想把埋在地下的油碾子扒出来。为了实现父亲的夙愿，在哥哥褚庆观的关心支持下，我与弟弟褚庆宪租了台钩机把它挖了出来，并按原状围放在原来的位置。

至今，油碾子仍在老家门口，静静地守候着南常西村里的老家，祝福着褚氏人家安泰健康，子孙满堂。

油碾子是童年时的戏耍好去处，令人难以忘怀，有的骑在上面骑大马，享受着骑马的感觉；有的围着油碾子转圈，你追我赶，疯跑不止；有的用油碾子捉迷藏，摆上迷魂阵，让人找不到；有的坐在上面说着俏皮话，一排排坐在那里，神气十足；有的在上面蹦来跳去，喜笑颜开，快乐的童年因与油碾子的相伴而无法分开，童年的梦境都是油碾子描绘而成的。我在《乡情》一文中写道："磨亮的油碾子发着青光，迎来了成群贪玩孙子辈们的欢笑。"油碾子已被成群结队玩耍的后人磨得光亮，发着青光，呵护着继往开来的辈辈后人。

油碾子不仅有厚重的历史和特定的文化积淀，而且还有象征意义，以及猜不出来的制作工艺，石料来源，庞大的石料是如何开凿的，何人制作的等等。岁月的流逝永远没有在油碾子上留下任何痕迹，它好像青春焕发，似乎在茁壮成长。

油碾子是一本读不透的书和对后人的殷切期望，一代代人是油碾子看着长大的，并在它的庇护下传承着褚氏家族的文化精髓，虔诚的褚氏人每当走到油碾子前，都会对油碾子行注目礼。目前，油碾子依然是一道靓丽的风景线，供人品赏和游玩，带给人无穷的欢乐和遐想，它是珍贵的文物，更是褚氏人的代代记忆。

家乡里的油碾子在某种程度上也代表着褚氏人家的根基。

2020 年 10 月 7 日

注：该文部分内容发表在 2021 年 8 月 5 日《枣庄日报》第三版副刊上。

村里的西南井

三十八年弹指一挥间，转眼即逝，忽然想起，因工作原因已离开老家这么多年。往事如烟，思绪万千，每每想起乡愁记忆，尤其是家乡的西南井，心中始终不能平静，我是喝着西南井水长大的，西南井那些动人故事至今萦绕心头，依然记忆犹新。

在老家的西南方向有口井，人称西南井或称西井，根据自己家的方位不同，称谓也有所不一样。

西南井距离南常西村大约七八百米。水井底部的东北方向有拳头大小的泉眼，一年四季泉水不断，水井深度约 2 米，井水的正常水位在井口下的半米处，用三分之一钩担提水，绰绰有余，如在夏天，每遇大雨天或连绵的阴雨天气，水位就会上涨至与井口平，或溢出井口。水井从来没有干过，就连大旱之年也是如此，即使村民们家中的水井没水了，西南井依然清水如许。

西南井，在南常东西两村的西面，确切地讲是在西沙河的西堰上，且处在高岗之上，在一步之遥的大水库的东南角上。

西南井，比紧邻的西沙河的河底要高出很多，比紧靠西南井西北面的大水库的库底面要高出四五米。西南井里泉水涌动，水库里的泉水也很旺盛，水库里的水常年满满的。除非大旱之年，老百姓抽水浇地，才能见到水库底部，即使这样水库的水也没抽干过，你抽得快它就出得紧，水系发达。西南井与水库只有咫尺之遥，如此之近，无论水库水满与否，均对西南井的水位和水质无任何影响，各水各道，井水不犯河水，在这里体现得淋漓尽致。也就是说，水库比西南井井底低很多，即便如此，水库里泉水库自己的水，西南井泉自己的井水，各自独立，井是井水，库是库水，不相互混流。西南井极其神奇，虽然地势较高，但有自己的水系，不受周围环境和地势高低的丝毫影响，具有强大的生命力。

记得 1980 年天气大旱，就连十几里外的微山湖也旱得快干了，除了主河道有水外，大面积湖面干涸。在这百年不遇的大旱之年，人畜饮水都非常困难，家家户户为了饮水，都到西南井抢水吃。白天把井水抢光了，没抢上水的人家等到深夜，井水泉上来了再去抢水，直到家家户户的缸、盆和桶罐都灌满了为止。等到大旱解除，井水恢复到原位，大家才没有了饮水的危机感。

西南井是乡亲们心目中的一座灯塔，是乡亲们生命中的永远离不开的活命井，祖祖辈辈都到西南井挑水吃。乡亲们每到西南井挑水，都不得不越过西沙河，一路坡陡路滑，泥泞不堪，西南井年久失修，井底部被泉水冲泡得已经悬脚，悬脚即石块砌垒的井壁基础，被长年累月的泉水冲击得没有了，井壁悬空，随时都有塌井的危险。在水井没被污染前，父亲听说后急得不得了，在我们兄弟三人的大力支持下，父亲及时回到老家，出钱出力，购买物料，组织自家本族修井铺路，把泥泞的井台变成水泥路面，以方便乡亲们挑水吃水。通往西南井的道路，经过修桥铺路，已平坦畅通，来往方便。

我们还没有离开南常西村老家之前，平时，如遇西南井安全出了问题，我记得只要是修井的事情，我们这个家族，都是由父亲出钱，做决定并牵头负责，然后，组织实施，本族人团结一心，一起维修。本族的人对西南井都有强烈的使命感和责任心，褚庆文、褚庆伦、褚庆德和褚庆东等，特别是褚庆伦责任心最强，且积极主动，每次井底塌石，他们都会及时发现并第一时间向有决定权的叔叔褚思唐进行报告，要求尽快组织修井。父亲每次听到西南井需要修的消息后，都很着急，立马研究修井方案，落实修井措施，拿出资金，不遗余力组织自家本族的壮劳力，在最短的时间内，把西南井修复好，尽量不影响乡亲们吃水。父亲常说：西南井是咱先祖挖的井，修井当然是咱们后人的事情，别人无权利也并不关心修井，只关心喝水，更不会无缘无故地去修井。西南井一直都是乡亲们的生命井，也是南山褚氏家族的传承井、根基井。

西南井井水甘甜，没有水垢。南常，在过去分为后地和前街，先有后地，后有前街，后地和前街因分家形成。我的老家就在后地，凡说到后地，通常就是指我的老家。前街上做豆制品生意的人，必须用后地的西南井水，用后地的西南井水做出的豆腐和豆腐脑，特别鲜嫩，非常好吃，豆腐脑不澄清也不愁卖。用前街上的水做豆腐和豆腐脑，就不是这个味，特别难吃，豆腐脑澄清，没人吃，生意难做。因此，西南井的周围，已被住家打满水井，都想找到这脉泉水，但谁也没有找到，打出的水井水垢都很重。

西南井历经沧桑。常听父亲说：西南井一直为褚氏后人提供源源不断的水源，十里八乡的人都到西南井来拉水吃，薛城一带的人更是如此，还有比这更远的地方的人也来这里拉水吃。父亲说：我们家世世代代都是喝西南井水长大的，西南井见证了褚氏家族的求生求存与发展。

西南井的井台都是用大石块砌垒而成，现在看来这样的大石块，不用吊车是无法搬动的，先辈是如何把如此之大的石块搬到井口来的，令人不可思议。

据说先祖力大无比，用三匹马拉车运石头，他在车的后面一伸手就能把马车拉住，三匹马再也拉不动。井口旁边的大石块，包括西菜园，人称哑巴井的大深水井边的垒井口用的特大块石头，以及从井底到井口砌垒用的层层石头，都是先祖运来的。如今井面上的大石块，已被磨得光滑发亮，如同镜面。我在《乡情》一文中写道："在老家西南石井台上，留下光亮溜滑的脚窝，记载了多少弓腰探背，向井下打水者吃力的身姿，用钩担挑上两大桶水，蹚过泥泞的沟壑，用泥罐挑水，已是父辈的记忆。"

西南井的东面，有供人休息的三块长条青石，其长度分别为1.95米、0.85米和0.92米，宽分别为0.35米、0.27米和0.3米，高约一米，乡亲们挑水累了，可坐在上面休息，还有村里的妇女经常用于洗衣服的四方青石槽形池，其长0.92米、宽0.75米和高0.4米，这些都是先祖为方便后人置办的。具有古董性的石器具，经过代代人的使用，早已磨得光亮，闪耀着青光，是重要的文物，蕴藏着非凡的价值，与西南井相生相伴。

西南井的西面有座土帝庙，为父亲所建，供人们求水烧香之用，特别是大旱天，渴望下雨的乡亲，眼巴巴盼着老天爷下雨，有些迷信的人就到土帝庙前烧香磕头求雨，总希望能沾上西南井的神气，天能立即下雨。或者村民们自发地组织起来，头顶盖顶（或称为锅拍）一起到西南井，燃放鞭炮，敲锣打鼓，带上淘井的工具，开始淘井，淘井就是把井底下的泥沙、淤泥和瓦片等清理到井上来，让井水焕然一新。据说这种淘井方法还很灵验，天气大旱时，一淘西南井，天就下雨。每遇到大旱，村民们都会自发地这样去做，几乎成了不成文的规矩，村民们深信西南井通天，一淘井就下雨。就连天降冰雹，有的村民也会向着西南井的方向，向屋外扔菜刀，迷信的认为沾着西南井的神气，就会把冰雹砍回去，求老天不要下冰雹。

长喝西南井水的人都长寿，而且没有患心脑血管疾病的，全村人没有患不治之症的，有的百岁老人，前一天还在地里干农活，第二天就寿终正寝，所以乡亲们放着自家水井的水不吃，都去吃西南井水，就不足为奇了。因上游水源污染的缘故，喝西南井水的人少了，很可惜。

说到西南井，人们总会联想到富硒南山泉，它是西南井的源头，水质比西南井的还要好。西南井水是上等的好水，因其污染，更显得富硒南山泉水的重要。富硒南山泉水同西南井水相比，那可是上等的好水，远远超过了西南井的水质，家乡的人们人人皆知。西南井水又远远地超过了其他普通水的水质。富硒南山泉百姓称之为牛鼻子泉，且有诸多关于喝水治病的传说，并称为圣水、天下第一水。山东南山泉天然矿泉水有限公司的建立，标志着喝好水愿望的实现，富硒南山泉水，以南仙公和南仙玉饮为品牌，源源不断地向市场上供应着，惠泽八方黎民百姓。

西南井同富硒南山泉一样，它是乡亲们心目中的圣泉，它养育了一代又一代、一辈又一辈的褚氏后人。目前，有些荒凉的西南井，并没有因为污染在人们心目中的地位而褪色，家乡的少数乡亲们还依然吃着西南井水。家乡里的西南井，永远是我心目中的圣井和乡亲们的生命井。

饮水思源，吃水不忘挖井人。先祖挖井后人喝水，前人栽树后人乘凉。西南井、三块长条青石和四方青石槽形池，是先祖留下的宝贵遗产。先祖通过西南井的甘甜井水，养育着南山褚氏的代代后人。

先祖挖井功绩造福长远，令人肃然起敬。盼望着西南井水，早日恢复到无任何污染时的容颜，不枉费父亲承受祖命，爱井、修井和护井的一颗赤胆忠心！

南常西南井

先祖挖井世代颂，吃水不忘挖井人。

赐福后人贯古今，普施康寿井为根。

2020 年 10 月 19 日

老　家

让人魂牵梦绕的总是倍感亲切的老家。

蓦然回首，转瞬之间已离开老家 38 个春秋，恍然还如昨天。生我养我的老家，在心目中一刻也没有离开。随着时间的流逝，老家经常让我模糊了视线，在脑海里却越来越清晰。

虽然离开老家在外工作多年，但一说起老家，心情就特别激动，故乡里的一山一水，一草一木，老家的房子，四通八达的回家小路，熟悉而又陌生的面孔，还有那些已远去的童年欢乐、少年愁肠、青年憧憬，都会浮现在眼前。

老家是休养生息遮风挡雨的地方，我青少年是在老家里度过的，老家给我带来了无穷的欢乐和梦想，老家是人生成长的牢固基石，是容易让人做梦的温馨家园。

我的老家在枣庄市薛城区沙沟镇南常西村，门前有家祖留下的汉代时期的油碾子和一片空旷的场地，在人民公社时期，门前除了油碾子，就是家家户户的猪圈，屋后有参天大杨树、瓢型的大水湖，据说大水湖也是家祖所挖，一直为后人浇菜种地提供源源不断的水源，此水湖至今流传着"五爷作了中（中即中间人，调停事情的人），赔了半个湖"的故事，别人闹纠纷，找五爷帮助协调处理，五爷为解决矛盾，以便处理纠纷，把家祖挖的大水湖赔人家一半，天下哪有这样调解处理事情的？因此，这一直被当笑话流传。老家大门向东，上下两层十二间小平楼坐北朝南，东厢房平房三间，西厢房平房三间，一个院子。十二间主屋和西厢房三间，由父母和我们兄弟三人在 2006 年于原址上重建。

房子拆除重建前，东面有三间茅草屋，西面有三间红瓦房，均已年久失修，破败不堪。特别是三间茅草屋，屋漏墙塌，面临全面倒塌，三间红瓦房也因维护不及时，有倒塌的危险。

父亲常说：三间茅草屋在 1952 年原拆原建，300 多年前也是在原址拆原址建，在往前几拆几建就记不清楚了，祖祖辈辈生活于此。三间茅草屋几乎年年维修，不是被风刮倒了，就是屋漏了，不是苫草，就是压屋泥，年年没有停止过。对屋的维护是家里的大项支出，每次维修房屋，都会把左邻右舍的能工巧匠请来，帮助修屋。如遇到房屋大换屋顶，就会请来更多的乡邻乡亲帮助修缮。修缮之后，可以安安稳稳地住上一段时间。世世代代就是在这个低矮的茅草屋里生活，一代代又从这里分支而去，另立门户，生生不息。

三间红瓦房，是父亲、母亲和哥哥在 1970 年所建，宅院也因此扩大。在农村，成家立业时，父母就会建几处至少三间房屋，以便儿子们另立锅灶。我们兄弟姐妹七人，兄弟三人，父母应建三处房屋，现在只有两处合并一处，还应再建一处，因离开老家没人去住的缘故，也就没有再建一处房屋的打算。现在的老屋依然矗立在让人眷恋的土地上。

东厢房三间，是我和父母亲在 1980 年把家院东南角两间茅草屋拆除后，建成的土墙和砖墙混合支撑的三间平房，也是大门的过洞房。因土墙损坏严重，2006 年又原拆原建。

原来的泥土院墙，2003 年原拆原建时，更换成了砌块墙，两面抹上了水泥面，这样一来，避免了泥土墙年年被雨水淋倒，省了很多麻烦。

岁月流转，物是人非。老家的变化很大，屋后因修村中道路，大水湖早已被填平，被村中道路占去大半，门前的猪圈也不见了，土墙支撑的茅草屋，因人去屋空而倒塌；有的建上了两层小楼，折射出农村的欣欣向荣；由于拥挤不方便出入的人家，也搬到靠近公路旁边建的新房屋居住去了。昔日的热闹，天天相见的邻居，再难见到。老家显得有些孤独冷清，总让人感到有些莫名的失意和怅惘。

家还是那个老家，祖祖辈辈生活起居的老家。曾经的父辈们苍老疲惫的身影，兄弟姐妹的欢笑，本家亲族的欢聚，亲戚的看望，乡里乡亲的问候，成群结队儿童们的欢闹，一家有难八家支援的互助，都成了回忆。父母的乐善好施，只要有口吃的总会一分两半，毫不犹豫地分给上门要饭的穷人。那每天到西南井挑水的吃力身姿，耕田种地的忙碌身影，煎饼卷大葱的诱人，日升而出日落而息的平淡无奇，苦中有乐的奋进，鸽飞鸟叫蝉鸣，猪兔牛羊的跑动和鸡唱狗吠的吵闹，还有求生求存的希望……已变成永恒的相思和潜移默化的传承精神。

2020 年 11 月 3 日

母　亲

母亲的一生是平凡的，但母亲的一生也是伟大的，我为有这样的母亲感到自豪和骄傲。生我养我的母亲不光孕育了生命，也给了我温暖的家庭，母亲是我生命中至高无上的爱护神。

母亲带着牵挂走了，走得是那样的极不情愿，带着遗憾、带着恋恋不舍，带着她的关爱，撒手人寰。

2013年1月23日，这个让人揪心，痛心疾首，彻夜难眠，不得不面对的日子，让人刻骨铭心，母亲因病治疗无效，撇下90多岁的老父亲和我们兄弟姐妹七人，以及母亲最疼爱的子孙们，永远地离我们而去了。

生离死别，阴阳两隔。母亲再不会说：我的小病怎去不了，不能吃饭怎么活？之类的话语了，句句撕心裂肺，犹在耳畔。

母亲走前身体极度不好，一年七次住进医院，每次都惊心动魄，两次低血糖差点没命。母亲60岁那年得了糖尿病，年年吃药，特别是80岁之后，直到83岁去世，糖尿病并发症缠身，身体一天不如一天，作为她的子女们看在眼里，疼在心上，非常着急，不论有多少困难，求医治病，在所不惜。

母亲同父亲相濡以沫，克勤克俭，共同操持家务，养育我们兄弟姐妹七人，上孝顺父母，下疼爱子女，养亲护邻，不畏艰难，求生求存，乐于助人，心宽无私。

母亲把无私的爱给了我们。母亲常说："有个花生米也饿不死你一岁的哥哥。"当时母亲被饿得浑身浮肿，哥哥被饿死是母亲不可碰的心痛，让她终生不能忘怀。

母亲的感情极为丰富，知老知少，一片热心肠，外祖母在母亲的心目中，就是天就是地，对外祖母的情感更是超乎寻常。

那年我刚六岁，从油碾子玩耍后回到家中的茅草屋里，因为跑得快未站稳脚跟，下意识伸手去拉外祖母，刚触到外祖母的手，外祖母就倒在了床前，在场的二伯母急忙说：大婶子怎么啦？不要吓我！然后急忙小心翼翼地把外祖母搀扶到床上躺好，飞速冲出屋门，大声喊道："庆观的娘快来，快看大婶子怎么啦？"到南常西南井挑水的母亲，正好挑着两大桶水走到屋后，听到二伯母不同寻常地喊叫后，预感到情况不妙，迅速撂下水挑子，冲进屋内连忙呼喊："娘怎么啦？娘怎么啦？"外祖母再也听不到母亲的叫声了。

在母亲喊娘之声中村医褚福水急速赶来，立即给外祖母打了急救针剂，但都无济于事，外祖母因心脏病发作而去世，外祖母那年60岁。这也应验了外祖母常说的一句话，母亲兄弟姐妹五人，外祖母说到老了她谁都不跟，只跟我母亲。结果她临终时只有母亲在身边。

父亲找来了风水先生去看林地，因外祖母走得突然，只好把别人准备送老的水泥棺材买来急用。外祖母在大舅、二舅和母亲哭声中入土为安了。从此母亲泪挂两行，每年一到阴历的七月十五日和阴历的十月一日，或逢年过节，母亲总会跑到外祖母的坟前放声大哭，一哭就是大半天，哭得鼻子一把泪一把，家里人不去找她，母亲就会哭个不停，越哭越伤心。我有时回家见不到母亲，别人告诉说，你母亲又去哭你外祖母了，还没到外祖母的坟前，就远远听到母亲的哭声。如此这般，到外祖母坟前找母亲几乎成了常有的事。就在二舅把外祖母迁回河北省衡水市枣强县张秀屯镇南卷子村后，母亲还是到外祖母坟前哭，一哭还是大半天，直到从南常迁到枣庄，离外祖母的坟远了，母亲才不再去外祖母坟前哭了。

母亲对待外祖母的情感无人能代替。二舅迁走外祖母，母亲是后悔的，因为不仅距离外祖母远了，而且有时也会埋怨二舅。二舅第一次来南常迁坟没有迁走，原因在于打开外祖母所占的水泥棺材盖后，发现满满的一棺材水，上面蒙了一层薄薄的白醭，外祖母躺在里面就如同睡着了一样，连衣服也是鲜亮鲜亮的，父亲一看此景，就劝二舅盖好棺材立即埋上不要迁坟了，二舅不听，非得要迁走。外祖母所埋之地是一片大平原的高岗之处，从哪里来的水呢？让人深感奇怪，这就是人们常说的风水吧！但二舅没有文化，执意借来大锤头，把外祖母的水泥棺材砸坏后，风水跑了，三年后才把外祖母迁走。母亲每想起此事总会泪水涟涟，终身懊悔。

就在迁走外祖母坟的三年内，二舅家有四个男孩，只有大表弟李西盘和三表弟李西法来过我们家，没有来过的两位表弟，三年内先后去世，家里的枣树整日流红水，两位表弟去世后枣树也不流红水了，来过我们家的二位表弟都平安无事，说起来，总让人感到有些难以理解的神奇。母亲认为这是外祖母保护的结果，因此对外祖母又有了新的认识，总感到外祖母像神一样，对外祖母的思念也更加深切，伤感也更强烈。外祖母的去世成了母亲永远的心痛。

最让母亲伤心的就是不能听到亲人的离世，就连亲朋邻里间也是如此，母亲对人总是充满深情厚谊，一旦听到有人离世就伤悲之极。外祖母的去世已让母亲哭得死去活来，来枣庄后，母亲又大哭了几次。母亲是容易动感情的人，因母亲身染疾病，凡是伤心的事，我们都瞒着母亲，恐怕母亲知道了触景生情，伤悲不止伤害母亲的身心。大舅、大姨、三姨和二舅去世时，都没有告诉母亲，因为母亲知道了，又会天天哭。直到事后缓了很长时间才告诉母亲，但母亲还是哭得死去活来。

母亲的记忆力惊人，我在《悼念慈母——李焕琛》的诗中写道："记人生日脱口出，不论亲朋世人间""偶尔幽默显风格，节日谚语活字典"。母亲没有上过一天的学，不识一个字，支持子孙们求学从来都毫不含糊，甘愿自己辛勤付出，也得让子女们挤出更多的时间去学习，母亲同父亲一样开明，母亲像蜡烛一样燃烧了自己，照亮了我们。

母亲热爱生活，坚强刚毅，从不知难，性格豁达，心中有爱。母亲一生勤劳俭朴，在煤油灯下彻夜不眠，一针一线缝补，挑水做饭，洗衣磨面，养鸡养猪，抢收抢种，制作生活工具，自己不吃也要救济上门要饭的穷人。母亲诸如此类的种种品德都历历在目，仿佛母亲还依然活着。

母亲不能看到她的子女们吃不好、穿不好和睡不好，整个身心都在子孙后代身上，无怨无悔。

母亲非常喜欢孩子，无论谁家添男添女，母亲都会高兴不已，要是谁家生了男孩，母亲总会念念不忘，高兴异常。母亲和父亲为了不影响我们兄弟姐妹的工作，主动承担起看护孙子辈的义务，起早贪黑，风里来雨里去，寒去春往，年复一年，对待孩子们一视同仁，不是给我们兄弟姐妹这家看孩子就是给那家看孩子，从来没有清闲的时候。因有父母亲的帮助，我们才得以安心工作，无后顾之忧。母亲同儿媳们关系融洽，母亲视儿媳妇为己出，像女儿一般疼爱。孙子辈们同父母的感情特别深厚，这可从孙子辈们的文章中可窥一斑。

母亲的走让人惋惜，父亲常说："你早开发两年富硒南山泉，你母亲早喝上一年的水，就不会走了，现在还能好好地活着。"

老父亲在 2015 年得了第三次脑梗，四肢瘫痪，深夜 2 点我同儿子褚魁元一齐开车把老父亲送到枣庄市立医院，该院医生一问老父亲 90 多岁，拒绝给父亲治病，认为父亲的年龄大了没有治疗的意义，治疗也是白花钱，很难治好，不同意给父亲打针吃药，让父亲回家等着。我同弟弟褚庆宪再三求说也没有说动医生，我们说：给父亲治病，我们花钱，医生却说：花钱没用。不论怎么说就是不给治病。

我们没有回家等着，从济南赶回来的哥哥褚庆观，把老父亲接送到了省城济南的齐鲁医院。经过康复治疗，结合饮用富硒南山泉水，不长时间，父亲的脑梗就好了，医生通知出院回家。医生说：齐鲁医院建院以来，还没有这么大年纪的人治好脑梗病的，父亲治好脑梗更是意想不到的奇迹。我说是喝富硒南山泉水加药物治疗的综合结果，医生不信，他认为是他的医道高明。事后的实践进一步证明，就是富硒南山泉水救的父亲的命，一开始不相信的人，经过亲身体验，也不得不相信。因此，父亲才这样说，从中也可以看出父亲对母亲的日夜思念。

即使父亲这样说，我们也无法挽回母亲的生命了。母亲走了，走得是那么的安详，留下了让我们永远难忘的回忆和思念。

母亲的优良品德，潜移默化地影响了我们兄弟姐妹，永远激励着我们热爱生活，正派做人，友善施助，奋发图强。

缅怀母亲，心情久久不能平静，母亲啊！您永远活在我们心中，您的去世成了我们永远的心痛，我想您了……

2020 年 11 月 10 日

从小年到春节

一说过小年，人人都感到春节快要临近了，新的一年就要开始了。为迎接新年，大人小孩都有了忙碌起来的紧迫感。

为过小年，家家户户就会包上饺子，一家人团团圆圆地围坐在一起吃水饺，以此说明过年的开始，吃着小年的饺子，体会着开始过年的欢喜。让人感到时间如梭，弹指一瞬间又过去了一年。

静心一想，也就不能再等待了，该走亲访友了，不然，就来不及了，已经没有几天时间留给你去办理了；置办过年的东西，也要紧锣密鼓地操办起来了。小年的到来，使人感到年味越来越浓厚了。

从过小年吃小年饺子开始，家家户户就要正式忙年了。该买的必须去买，到商场、超市或市场上，买上大白菜、萝卜、猪牛羊肉等，剁好春节期间包饺子的饺子馅，炸好菜，蒸好吉祥馒头。还要清扫房屋，使室内屋外焕然一新。屋内插上鲜花，窗户上贴上各式各样的花纸，准备好年三十要张贴的春联。给女孩子买上好看的衣服和红花。给男孩子买上鞭炮，哦，忘了，今年为了环境保护的需要，不准燃放烟花爆竹，也就少了购买烟花爆竹的事情。一切按部就班，井然有序，准备就绪后，就等春节的到来了。

今年又同往年不同，今年春节期间我国要举办第24届冬季奥林匹克运动会，即2022年北京冬季奥运会。随着春节越来越近，一过小年就感到北京冬奥会就要开始了，我和大家一起期待着那令人激动时刻的到来。今年2月1日是春节，过了年，2月4日北京冬奥会开幕，我们祝福参加北京冬奥会比赛的中华健儿取得好成绩，为他们加油鼓劲！

所有这一切都是这个伟大时代的馈赠，感谢我们强大的祖国，我们生逢盛世，庆贺盛世华年，祝福天下太平、人民康泰！

小年过完啦！春节也要来到啦！

2022 年 1 月 25 日

注：该文发表在 2022 年 1 月 30 日《枣庄晚报》总第 2693 期第 07 版上。

褚氏旗杆家祖林的旗杆底座今何在

清明节回枣庄市薛城区沙沟镇南常西村老家上坟，正巧遇到堂兄褚庆浩。

说起"褚氏祠堂"和"旗杆家祖林"，他说：他种的地方就是"旗杆家祖林"的地，当时生产队分土地时分给他的，"旗杆家祖林"就在他的地里，前几年耕地时把"旗杆家祖林"里祭祖用的插旗杆的"旗杆底座"耕了出来。

我问他在哪里？庆浩立马把我带到他的地里，指给我看。旗杆底座是块小型圆磨石，中间不锈钢的尖锥体，以便把旗杆插上，不锈钢尖锥体闪闪发光，熠熠生辉，如同新的一样，保存完好，这是重要历史文物，必须好好保存，我嘱咐他，要赶快依旧在原地方埋好，防止丢失。

庆浩带着恳求的口气说："你把旗杆底座搬到你家的老林上去不就完事吗？只有你家的老林才有资格放上它，要不然就搬到褚氏祠堂里。"我非常肯定地告诉他，这样做都不妥当。

原因在于：一路之隔的林地上，我家的"老林"不就成了褚家的"褚氏祖林"了吗？这样做是对后人的不负责任，时间长了就模糊了褚氏后人的记忆，会给褚氏后人造成混淆视听。

把旗杆底座搬到褚氏祠堂更不妥当，原因在于：兰陵褚氏家谱里没有任何关于"旗杆底座"的记载，如果贸然把旗杆底座搬到褚氏祠堂，经年之后，后人再没有人知道真正的"褚氏祖林"在哪里，缺乏物证的"褚氏祖林"没有说服力，不搬走的话，"旗杆底座"就是铁证如山，以免后人乱立"褚氏祖林"。

记得小时候上山割草喂兔喂羊，向队里缴草喂牛挣公分时，经常路过"旗杆家祖林"，也就是老林沟祖林，也称兰陵褚氏（或称南山褚氏，或称南常褚氏，或称油碾褚氏）的祖林，也叫北老林，北老林要比南老林还要早好些年，因褚显忠埋葬于此，故也称褚显忠林，后因监察御史褚德培功绩卓著，皇帝赐立旗杆，以便褚氏家族祭祖升旗之用，因此，褚氏后人称为"旗杆家祖林"，也是兰陵褚氏开始在南常这块古老大地上繁衍生息的祖林，几经变迁，各支各房不停地迁出，"老林沟祖林"（或称：北老林、旗杆家祖林、褚显忠林、兰陵褚氏祖林、南山褚氏祖林、南常褚氏祖林、油碾褚氏祖林）除少数坟丘外，逐渐变得一片荒凉，青石墓丘和林立的石碑，早已在"文化大革命"期间破坏殆尽。百岁的父亲常说：咱家老林西边"一路之隔"的"旗杆家祖林"，不是"齐家"的老林，是兰陵褚氏的族林，立旗杆是皇帝赐立的。

如今再去上坟，目睹"旗杆家祖林"只落得一片缺少坟头的农业耕地，因逐渐被村庄包围，再加上 20 世纪 70 年代在"老林沟"拦河筑坝修建水库，水库的库面拦腰截断了原来穿过"老林沟"的一条路，由于水库的水坝是东西走向，原来的西北东南走向的斜路变成了东西走向的一条直路，穿过"老林沟祖林"的后面，并与"老林沟祖林"东面的南北路交叉，"老林沟祖林"的北面，东西走向道路的南面，现建有一户人家，估计有一部分祖坟被这户人家盖在家里，现在的"旗杆家祖林"地面上没再种庄稼，错落有致地栽着一些杨树，农地户主褚庆浩近年去外地儿子家中，没时间种地，所以栽种上了杨树。"旗杆家祖林"的地里至今一直埋藏着先祖们的尸骨和插旗杆用的底座。

据说先祖褚大及其后人褚大黄、褚五公都埋葬于此，褚二黄迁往江西，褚三牛迁往河南，褚四公去向失传。褚五公由南常后地搬到南常前街，或由南常后村搬到南常前村，实际上，南常后地或南常前街，或南常后村或南常前村，或现在的村级划分又把南常村划分为南常东村和南常西村，不论如何叫法，均为同一个村，即南常村，也就是根据村的地理位置的不同，叫法不同。南常村，西汉时期及之前，又叫常邑。百岁父亲说：我们南常后地（现为南常东西村的村后）油碾子这一支房为褚大黄的后人，

明朝时期的旗杆底座被褚庆浩从地里耕出后，一直放在他地里的一堆乱石之中，一放就是好几年，风吹日晒。2020 年清明节后，我同哥哥褚庆观、弟弟褚庆宪、堂兄褚庆浩一起又重新将其埋入地下，让旗杆底座继续看护着"褚氏旗杆家祖林"，旗杆底座是"褚氏旗杆家祖林"存在的真实见证，也是兰陵褚氏家族发展史最有力

的佐证。

旗杆底座依然静静地躺在那里，默默呵护着褚氏后人，仍旧守护着"褚氏旗杆家祖林"，旗杆底座见证了"褚氏旗杆家祖林"的兴衰，也标志着"褚氏旗杆家祖林"的归宿和褚氏先祖们的葬埋之地，以及褚氏后人永不磨灭的记忆。还有我家门前西汉时期的油碾子也一起见证着旗杆底座的存在，期待褚氏后人重修"褚氏旗杆家祖林"，继续见证褚氏血脉的延续，见证我们伟大祖国的繁荣昌盛和中华民族的伟大复兴。

2022 年 4 月 6 日

向往富硒南山泉

近些，再近些，终于见到了富硒南山泉的真实面目。它身姿曼妙，如同梦里看花，又如雾里探境，轻盈飘逸、优雅，似行云流水，若俊美少女，像伟岸英雄，如盖世豪杰……它有各种形态和美，无论哪种美都是那么迷人。

抬起轻松的脚步，走近，它的坦荡胸襟，立马征服五脏六腑；它的品质高雅，气度非凡，它从大山中走出来，腾云驾雾，纳祥吐瑞，飞奔川流河涧，注入江河大海，流水悠悠，岁月生辉，令人饮水思源！

魂牵梦萦，几经神往，缓足靠近，它慈祥、尊贵，汇成一溪甘露，润沃野良田，布山川披碧，五谷丰登，人增寿，爱河滔滔，奔流不息。掬泉水润肌肤，光泽靓丽，喝一口宁五脏，神往梦长。

跨入泉亭，优雅自坐，心自明，江河湖海之源，天人增寿之本，万物之灵思源，再品南仙公、南仙玉饮富硒南山泉水，甘洌、食药同源，日里想，梦里见，原来是甘露福地，心愿实现，寿比南山，福如东海，恍如白驹过隙，惊叹千年饮古泉。

游入怀抱，梦幻般的世界，仙境般灵秀，十足美景，尽收眼底，观泉流水凝露，悦鱼儿游动，看莺歌燕舞，拂面水帘的轻柔，吸收山河之灵气，览胜山川河流之美丽，走近粼光波动的湖面，心服神清，叹为观止。

再看看，生生不息，带着春秋战国之旅，携着南常古城之梦，孟尝君养食客三千的故事，萦绕于耳，挥之不去的动人传说，八方求水之奇，荡漾开来，回肠在灵魂深处，甘露般的恩施，让人难以忘怀！

牵手吧！相会吧！富硒南山泉！

2022 年 6 月 18 日

新时代新枣庄新故事唱响者

——记大沃村第一书记刘亚波

2019年5月29日，薛城区沙沟镇大沃村的村民们，迎来了他们期盼已久的市派第一书记，他就是枣庄市政府办公室财务科科长刘亚波。他今天带着使命、带着组织的嘱托、带着脱贫攻坚任务、带着美丽乡村建设的美好愿景、带着大沃村的期盼，走马上任了。

上任的第一天，他同村委会班子成员正式见面后，就开始走村串户，访贫问苦，了解乡土人情。从党员状况、村党支部的凝心聚力情况，到人口年龄结构，男女比例，人口户数，村民外出打工情况，村民的精神面貌，村集体收入来源渠道，有没有副业；从村民反映的热点难点问题，生产农具多少，养殖情况，农业灌溉用水情况，村里村民吃水有没有自来水，到儿娶女嫁、生老病死、红白理事、村规公约、五好家庭；从能人带头致富、农产品的外销外运，到农业瓜果蔬菜保温大棚的建设，以及冬天取暖抗寒、夏天防暑降温等等，方方面面，不一而足。

这些大大小小的事情都成了刘亚波的心头大事，也成为他今后工作决策部署的依据。大沃村这片土地也成了他牵挂和为之奋斗的地方。

谁不说咱家乡好，月亮总是故乡的明。

从踏上大沃村的土地那一刻，大沃村就成了他的第二故乡。如何发挥村党支部的战斗堡垒作用？如何改变村容村貌？如何提升美丽乡村建设？如何提高农民收入和村集体收入等，都被他思考。

千里之行，始于足下。

为强化党的村级建设，针对党组织活动场所不足的问题，刘亚波积极向上级党组织争取资金，扩建村委会一处，配备了办公用品，建立了党员阅览室，订阅了党报党刊，新发展党员两人，极大地加强了党的基层党组织建设，充分调动了党员的积极性，形成较强的战斗力，更利于发挥党员的先锋模范带头作用。

刘亚波书记凭着在枣庄市政府机关工作的优势，广泛调动、争取各种资源，以雷厉风行的作风，苦干实干，大刀阔斧，担当作为，发奋图强，迅速着手解决村民自来水管、排水管、弱电管线布设等问题，新建了南北两道和东西一道共 600 余米的地下综合管沟，一举解决了村民饮用水安全、污水排放问题和弱电管线常年乱架乱设的混乱局面。

为了建设美丽乡村，他又新修了一条宽 6 米，长 2.5 千米的村级高标准农村富民道路，彻底解决了村民的农业生产建设和出门通行的大问题，并辐射了周围四个村庄，惠及村民 3000 多人。

为提升村容村貌，刘亚波争取资金完成了村中 200 余米的主要道路的绿化建设。为加强道路的顺畅通行，新拓宽了一座桥。为发展健身事业，新建文化健身广场两处，篮球场一处。为加强水利建设，搞好农业浇灌，新修拦河坝两座。为扩大村集体土地的耕地面积，争取了土地复垦项目，复垦后增加村集体土地 10 余亩。为增加村集体收入，利用第一书记扶贫资金和薛城区产业帮扶资金上项目，增加集体收入近 7 万元。

自从第一书记刘亚波到村后，在他的带领下，大沃村旧貌换新颜，一天一个样，新项目一个接着一个。

大沃村的发展充分展示了当代第一书记的风貌，是新时代、新枣庄、新故事的最美篇章；第一书记是中国梦、话小康的最美使者；是弘扬正能量，决战脱贫攻坚，无私奉献的实践者；是践行社会主义核心价值观，敢打头阵，冲锋在前，担当有为的先锋，是让大沃村的村民真正有了获得感、幸福感和安全感的好书记、好干部。

认识他的人都知道他是一位实干家。自任第一书记以来，兢兢业业，一丝不苟，撇家舍业，克勤克俭，廉洁奉公，以上率下，加班加点，吃住在村里，他深入群众，同群众打成一片，日夜奋战在第一书记的岗位上，履职尽责，深得上级的好评和村民的欢迎。

继往开来，枣庄市有数百名第一书记和任职书记，他们像刘亚波书记一样不忘初心，牢记使命，为了广大群众的福祉，奋发有为，以时不我待的紧迫感，努力完成下派的目标和任务。

2020 年 5 月 29 日

注：该文刊登于 2020 年 6 月 19 日星期五《枣庄日报》。

艰苦踔厉行　奋发才有为

那是一个不平凡的日子，2001年4月28日，山东忠信会计师事务所有限公司、山东忠信资产评估有限公司，由山东省财政厅批准，经山东省工商管理局登记注册成立了。

公司成立之初，只有5个人，经过20多年的发展，成为有200名员工、在业界有一定影响力的会计师事务所，业务范围由最初的单一财务会计审计、咨询业务，逐渐扩展成包括工程造价咨询与审计、资产评估和招标代理等业务在内的多项业务，并具有多项业务资质：会计师事务所执业资质、工程造价咨询企业甲级资质、人防工程造价咨询乙级资质、资产评估资质、价格评估资质、工程招标代理乙级资质和政府采购代理乙级资质等，并成为较早通过ISO9001质量体系认证的执业机构。

事务所办公场所宽敞雅致，服务功能齐全。部门设立合理，设立党支部、团支部、财务会计审计查证部、工程造价咨询审计部、资产评估部、济南资产评估部、招标代理部、评标室、业务质量监控部，以及办公室、财务部、策划发展部等。办公功能齐备，包括党建办公室、党员活动室、信息网络室、档案室、会议室和接待室等。2005年事务所进入全省事务所排名前50，是枣庄市唯一一家规模以上的会计师事务所，多次被评为先进单位，事务所党支部先后被授予全国、全省、全市先进会计师事务所党支部荣誉称号。

砥砺奋进的山东忠信，从招兵买马开始，就明确了为社会经济的发展保好驾护好航、砥砺前行、行稳致远的目标任务，制定规划，设计方案。严格以"忠诚创业、信誉发展、忠诚企业、信誉社会、客观公正、实事求是"为宗旨，以"遵循客观原则、倡导公正新风、弘扬团队精神、共创忠信辉煌"为准则，始终不渝地恪守"独立、客观、公正"的执业原则，关注执业质量和执业风险，坚定不移地贯彻"客户第一、服务至上"

的执业理念，信守"忠信仁爱、天地人和"的理想信念，以"您给我机会、我为您创造"的合作原则，讲求信誉，树立自身良好形象。

坚持以人为本，重视人才的发展战略，为员工提供宽松的、能充分发挥自己潜能的工作环境，凝心聚力，不断提高员工的执业水平，强化执业道德；加强后续教育，履行保密义务，以开拓进取的精神锐意前行；努力拓展市场，急客户之所急，与优质客户共同成长；创山东忠信品牌，形成忠信人的企业文化和党建文化。"春山磔磔春禽鸣，此间不可无我吟"，忠信人以诚信审计，赢得了政府机关、企事业单位和社会各界的广泛赞誉、支持和信赖，走出一条自己独特的审计发展之路。

寻找现代化的办公路径。实现现代化办公路径要从着力提升现代化办公水平和置办先进的办公设备和软件入手。在浩如烟海的软件中，我们首选济宁圣通工程造价咨询软件，并购置多套软件，包括购置其他工程类的造价咨询软件，后来又购置60多套广联达软件和新点软件大全套，包括 BIM 工程技术软件，以及水利工程造价咨询软件、电力工程造价咨询软件、煤炭工程造价咨询软件、公路工程造价咨询软件、人防工程造价咨询软件等，还有一些特殊需求的软件，一应俱全。科技的发展日新月异，各种软件开发比比皆是，为提高审计和资产评估效率，所里又配备了先进的财务审计软件和资产评估软件，做到人手一套。

同时，利用物联网和大数据，实现高水平现代化办公格局，极大地提高了全员的业务办公效率和业务质量，使得事务所科技水平和员工业务素质不断提高，事务所品牌形象越来越好，美誉度、信誉度与日俱增。

完善工作机制，调动全员积极性，注入红色教育，激励员工奋发有为。一直以来，事务所都重视陶冶员工情操。采用各种形式让员工放松身心，开阔视野，增长见识，增强团队精神，提高员工的整体素质。使员工以所为家，努力工作，兢兢业业，开拓进取。把组织员工旅游和红色教育结合起来，以红色促教育，以红色促工作。每到节假日，特别是每年的三八妇女节，事务所都会组织员工到红色教育基地学习，以激发员工的工作热情。

要干就干出优秀审计项目。为打造优秀项目审计，事务所派出精干力量，投入大量人力物力，付出超出常人的百倍努力，对委托的审计项目进行细致甄别判断，形成审计工作底稿，在此基础之上，深入调查、取证、定性、归类，形成报告，整档归档；并协助客户进行相关申请工作，赢得客户信任。久而久之，事务所赢得口碑，树立起"山东忠信品牌"。

乘风破浪终有时，信任无价，再出发。事务所不断提高服务质量，拓展服务职能，以便更好地为客户和政府部门服务。配合政府入驻具备规模企业的实力型会计师事务所，协助完善行政审批机构的职能、健全行政审批功能的制度。事务所专门设立便民服务窗口，常年为市行政审批服务，成为完善市行政审批工作不可分割的一部分，也成为便民服务的好帮手。

鼓励是最大的动力，典型发言是最好的肯定。作为事务所的代表我在山东省工程建设标准造价协会全省会员代表大会上发表了题为《打造一流团队，促进经济和谐发展》发言；在山东省注册会计师协会召开的全省会员代表大会上作题为《开展创先争优活动，促进强化队伍建设》的先进发言；在济宁北湖新区党工委、济宁北湖新区管委会、济宁北湖新区审计局召开的年度政府投资项目跟踪审计先进单位表彰大会上作了题为《齐抓共管保质量 精心指导促提高》先进发言，等等，这都是全体员工智慧的结晶。

建立党团组织，促进党建与业务融合发展。自山东忠信会计师事务所有限公司党支部和山东忠信会计师事务所有限公司团支部成立以来，所里专门设置党团办公室，专人负责党团建设。结合业务的开展情况，定期召开会议，认真学习传达贯彻党的路线、方针和政策，始终同党中央保持高度的一致，加强党团建设，开展正常的党团活动，强化每月28日主题活动，坚持"灯塔在线"学习，加强"学习强国"学习，增强"四个意识"，坚定"四个自信"，做到"两个维护"，紧扣"学党史、悟思想、办实事、开新局"的要求，做到学史明理、学史增信、学史崇德、学史力行，开展好"三会一课"活动，召开全体党员大会、支委会、组织生活会、民主生活会，努力做好党支部书记讲党课。发展新党员，积极培养入党积极分子，全面做好红色教育工作。引导党员积极发挥先锋模范作用。截至2023年已发展党员3名，预备党员1名，枣庄市注册会计师行业首名发展党员从我所开始，现又培养8名入党积极分子，为党员发挥先锋模范作用，设立了党员创优先锋岗。所党支部书记担任市注会行业党委副书记、市造价协党支部书记。在枣庄市注册会计师行业委员会举办的《迈进新征程 质管再提升》经典诵读活动，撰写的《勇

于创新 质管提升——提高执业质量促进全行业健康发展》，用于枣庄市注册会计师行业党委集体诵读。本诵读稿，发表在《山东注册会计师资产评估师》杂志上。由于党支部工作突出，被授予全国、全省和全市先进会计师事务所党支部荣誉称号。

履职建言助力发展，市人大代表擦亮赋能品牌。事务所发挥审计行业市人大代表建言的作用，按时参会履职，积极参加市人大组织的各项志愿服务活动、执法检查和专题调研座谈会等活动，始终把市人大代表履职与实际工作紧密结合起来。并以市人大代表的视角指导开展工作，提升工作质量与效率。

我作为事务所的带头人连续3届当选为七届、八届和九届枣庄市委员会市政协委员、政协枣庄市委员会经济委员会委员。除按时参加每年一度的人大、政协两会，审议一府两院报告，积极发言，建言献策外，还及时参加视察活动，积极反映社情民意，关注热点难点问题，因此被授予优秀市政协委员称号。《加快通往枣庄新城主要干线高等级公路网建设，促进枣庄新城区快速发展的建议》提案，被评为优秀提案，履职期间所提提案均被采用，并责成有关部门加以解决，以促进经济社会又好又快地发展，从而为事务所工作提供了新视角。

赢得表彰，踔厉前行。实至名归，经过十多年的奋斗，事务所获得诸多荣誉："全市工程造价咨询先进单位""文明诚信民营企业""全市内审工作先进单位""政府投资项目跟踪审计工作先进单位""全市建筑业先进单位""重点项目建设先进企业""第三届山东省管理创新奖""参审政府投资审计先进单位""全市优秀造价咨询企业""省级守合同重信用企业""山东省工程造价行业职业技能竞赛优秀单位""全省工程造价行业土建工程造价、安装工程造价职业技能竞赛优秀组织奖""山东省先进会计师事务所""枣庄市工程造价咨询先进单位""山东省注册会计师行业品牌事务所""山东省先进资产评估机构"等，这得益于各级党委政府、部门机关的关爱和大力支持。荣誉是激励前进的灯塔，是干好工作的动力。事务所珍惜荣誉，再接再厉，信心满怀，再创辉煌。

荣获集体荣誉的同时，我个人也获得各种荣誉和称号："全市建设系统优秀造价工程师""优秀市政协委员""全省优秀注册会计师""山东省先进会计工作者荣誉称号""山东省先进会计工作者""全省注册会计师行业优秀共产党员""全省注册会计师行业先进个人""首批资深注册会计师会员""首批资深造价工程师会员""山东省管理会计咨询专家""山东省优秀注册会计师""枣庄市涉案企业合规第三方监督评估机制专业人员""山东省先进资产评估师""山东省高级人民法院建设工程领域特邀评审员"等。

爱心捐赠是承担社会责任的一种方式。多年来，事务所积极参与各种公益活动，扶危济困奉献爱心，先后给汶川大地震、山东省扶贫开发基金会、济南市残疾人福利基金会、薛城区红十字会、枣庄市市中区武装部、枣庄市慈善总会、山东省扶贫开发基金会等献爱心，赞助盲人按摩建设和品牌打造工程，积极参与腾讯公益发起的"共建枣庄市希望小屋"的捐赠活动等。厚待员工，新冠疫情期间，员工休息期间，工资照常发放。

人才是事业之本，为了全面提高员工的业务素质，定期让员工参加业内培训学习，此外，还自办综合业务能力提升培训，进行具有针对性的专业知识的培训。用案例有的放矢地进行讲解，深入剖析，着力提高综合业务能力。

递进式的发展具有里程碑意义，中国资产评估协会会长耿虹来所调研，就中国资产评估行业信息化规范开展调研工作，在我所发展史上具有重大意义。

客户的认可是最大的财富，是干好一切工作的动力和基石。"热情服务，客观公正"的锦旗、"客观公正，廉洁高效"的锦旗、"工作严谨 贴心服务，破解难题 担当道义"的锦旗……这些都是对我们工作的肯定，大大激励了员工的工作积极性。

铸品牌，走自己的路。建网站，加强宣传，外树形象，内强素质，开拓市场，高质量发展。积极参加社会各界，特别是行业内举办的比赛、演讲、朗诵会、歌咏联欢会、党的百年华诞庆祝等文艺活动，此外还举行体育活动、登山运动等。另外，还发表文章，扩大宣传，提高知名度，以过硬的业务质量，提升品牌影响力。

一面面锦旗和各级党委政府及行业协会的表扬和表彰，客户的高度评价和信任，都是对山东忠信的肯定，我们将凝心聚力，综合发展，向更高的目标迈进！

山东忠信已成为一颗璀璨的明珠，闪耀在齐鲁大地上。

2023 年 7 月 30 日

后　记

要说出书可从来未想过，因为那是文学家的事，我又不是文学家，出书与我无缘，很久以来我总是这样想。

转眼过去多年，我自幼酷爱文学，也时常创作文章，总是为了自娱，没有其他想法，更没有当文学家的奢望，因为自知缺少文学家的天赋。没有电脑的时代，我总把写成的文章单独存放起来，妻子张霞总是当我宝贝存放得更仔细。

到了电脑时代。起初，电脑是奢侈品，笔记本电脑更是少见，很多人买不起。因创业的原因，大约在2001年，我买了台办公用的笔记本电脑。于是就把年轻时写的诗歌、散文、论文等都输入电脑保存起来，以便日后修改方便，也便于查找。

那时我业余时间创作了不少诗歌、散文和论文，时不时还写新闻稿在报纸上发表。这些我都储存在电脑里，不幸的是，电脑丢了，那时还不知道备份，所有的文字全都找不回来了。丢失电脑固然可惜，随之丢失的文章更可惜，电脑丢失了可以再买，文章丢失了就无法补救了。为此，我深感惋惜，现在想起来我仍痛心不已。

后来，我又零散地写了些文章储存在手机里，有一次手机突然感染病毒，需要重新做系统，文章没有备份又丢了。手写原稿因搬家也无处可寻，只有零星几篇尚存。

这样经过两次意外丢失后，我痛定思痛，于是就选择多种储存方式把文字存储起来，往往一篇文章储存多处，这样安全性就高了，但储存工作也加重了，另外就是查找起来比较麻烦，有时也不知道以哪个版本为准，往往需要比对半天，劳神费力，极不方便，但为了不因意外丢失，还得采用这种笨方式。

2013年1月23日母亲逝去后，我们兄弟姐妹们都写了纪念文章，放在电脑一个文件夹里，当到了母亲七周年祭时，想起了纪念文章，于是到电脑上查找，查找了半天才找到，看到所有的文章都安然无恙，这才松了一口气。

这一找不要紧，也找出了经验教训：既然电脑储存因更换电脑、软件升级等原因容易丢失，何不以出书的形式保存下来呢？于是就萌生了出书的想法，因此，为纪念母亲，出了本《永远的心痛》来缅怀母亲；再后来，就有了出此书的想法，现在历经千辛万苦终于成书，再不用担心文字丢失了。

本文集是两次文稿丢失后积攒下来的，大多数为即兴所做，积少成多，因水平有限，多有疏漏，贻笑大方。

本文集在编辑过程中，得到了张宝民市长和山东忠信会计师事务所有限公司、山东忠信资产评估有限公司的徐云红、王妍、陈铭等同志的鼎力支持，以及亲朋好友、社会贤达的帮助，在此一并致谢！

褚庆骞

2023 年 7 月 31 日